臆病なカナリア

1

別に狙ってたわけじゃない。

中戸愛菜《なかとあいな》が〝彼〟に声をかけたのは、本当に偶然が重なった結果だった。

元彼と別れたダメージがようやく薄れてきて、別れの原因を自分なりに考えられる程度には心が落ち着いてきた、ある冬の日。

たまたま彼に会った。

お互い連れもなく、一人きり。

そのタイミングで、ふと自分らしくないことを思いついた。

そして、酒の勢いを借りて彼に声をかけ——ラブホテルに誘った。ただそれだけのこと。

シャワーは先に浴びた。

入れ違いにバスルームに向かう彼の背中を見送る。一人になると、ブルリと背筋が震えた。

『本当に良かったのか』なんて疑問が頭の中で渦巻《うずま》く。だけど、今更だ。ここまで来たらもう戻れない。

少しの間、別人になり切ればいい。そして、自分一人では答えの出なかった悩みを解決する糸口を見つけられたら、今夜のことは全部忘れよう。うん、行きずり上等。

だから落ち着け、大丈夫だ。

彼を待つ間、室内をうろうろしながらそう繰り返す。

そのうち、愛菜はベッドに腰掛けた。何となく手持ち無沙汰《ぶさた》で、テレビのリモコンに手を伸ばす。無造作に数回押すと、アダルトチャンネルが映し出された。

画面の中、気持ち良さそうに肢体《したい》をくねらせて喘《あえ》ぐ女優をぼんやり眺める。

元彼の言葉がふと脳裏《のうり》を過《よ》ぎった。

『なんでいつも黙ってんの？』

『お前、ほんとに反応薄いよな』

……元彼にしてみればきっと、こういう風になってほしかったんだろうな……なんて。それこそ今更だ。

「ＡＶ観《み》ながらするのか」

斜め後ろから声をかけられて、のろのろと振り向く。

次の瞬間、腰にタオルを巻いただけの男性の姿にギョッとしたが、慌てて表情を取り繕《つくろ》った。

相手の格好をとやかく言うつもりはない。『シャワーの後は服を着ないで』と頼んだのは愛菜だし、自分もバスローブしか身に着けていない。

男性はミニバーから水のペットボトルを取り出し、こちらに視線を向けたままそれを呷《あお》る。

愛菜は目を合わせられず、男性の喉仏《のどぼとけ》が上下するのを見ながら答えた。

「いえ……別に」

どうにもいたたまれない。品定めでもされているように感じるのは、自意識過剰だろうか。

騒ぐ心臓をどうにか静め、何でもない風を装ってテレビの電源を切った。色っぽい女優の喘ぎ声がプツンと途切れる。

男性は、大して興味がなさそうにふうん、とだけ返す。今の行動に違和感は覚えなかったみたいだ。

ペットボトルを無造作にテーブルに置く音が、妙に大きく響いた。

――彼の名は湖西《こさい》。

本人から聞いたわけじゃない。愛菜は以前から彼のことを知っていた。

愛菜と同じ会社に勤める湖西は、女性に〝人気がある〟ことで有名だった。彼の華やかな噂は、他課に所属する愛菜のもとにも流れてくる。たくさんの女性とお付き合いしてきたプレイボーイ。

噂好きの同僚が、社員食堂で『湖西ってあの人だよ』とわざわざ教えてくれたのは数ヶ月前のこと。噂話に疎《うと》い愛菜も、それまで自分の所属する課に時々訪れる彼の姿を見たことがあったので、顔だけは知っていた。

彼の顔と名前が一致したときは妙に納得した。『ああこの人か、なるほどねー』と。

同僚の話によると、彼は愛菜より五歳上の二十九歳。

けれど愛菜の目には、自分の課の課長と堂々と議論する彼の姿は年齢よりも大人びて見えた。入社三年目にしてようやく直属の主任や係長と落ち着いて話せるようになった自分が、五年後、あんな風に管理職と渡り合っている姿なんて、とても想像できない。

彼に尊敬のごとき興味を抱くと同時に、その整った容姿へも意識を吸い寄せられる。綺麗《きれい》だな、この会社にも格好良い人がいたんだな、と美術品を鑑賞するように彼を見ていた。

涼しげな切れ長の目に、スッと通った鼻筋。薄い唇。

愛菜は自分が面食いであることを自覚している。

といっても正統派のイケメンは苦手で、映画やドラマでたとえるなら、誰からも愛される主役よりも、話の核心を握っていたり裏切りフラグが滲《にじ》んでいたりする準主役級の落ち着いたイケメンの方が好きだ。

そして湖西の顔は、そんな愛菜の好みにガッチリ嵌《はま》っていた。派手な噂が付きまとう割に、いつも禁欲的な無表情というギャップも、余計に彼を魅力的に見せているのかもしれない。

……湖西はきっと、愛菜の顔も名前も知らない。一日中デスクワークをしている他課の一般社員なんて、いつも綺麗な女性社員に囲まれている彼の視界には入らないだろう。

でも――うぅん、だからこそ好都合。

ここにいる自分は、湖西とは何の繋がりもない女。気まぐれで逆ナンパしただけの、ただの女。

……それでいい。そうじゃないと困る。

ルームライトの明るさを調整して、彼は愛菜の待つベッドに近付いてきた。

大きな手で愛菜の頬をサラリと撫《な》でる。

「キスはしていい？」

「いえ」

「……そう」

質問に首を振り、愛菜はベッドに上がってきた彼の長身に触れる。

程よく引き締まった男らしい身体。異性の身体は元彼のものしか知らないけれど、湖西の筋肉は元彼よりも硬い気がする。仕事の合間にジムかどこかで鍛《きた》えているのかな。そんな噂は聞いたことがないけれど、女性の人気を得るために身体作りしている可能性はありそうだ。

「……ここ、触ってもいいですか？」

胡坐《あぐら》をかく彼の長い足の間に陣取りながら問いかけた。

指先で鳩尾《みぞおち》をなぞり、腰のタオルを軽く引っ掛ける。

……緊張しているなんて気付かれたくない。ここにいるのは〝街で簡単に男に声をかける気安い女〟であって、〝ナンパもラブホも初めての女〟じゃない。

どうにかここまでこぎつけたんだ。彼が途中で萎《な》えてしまったら困る。次にいつ似たようなチャンスが訪れるか分からないし……いや、多分こんな僥倖《ぎょうこう》は一度きりだろう。女性慣れしてそうな男性の心当たりは、彼ぐらいだ。全く見ず知らずの男性に同じことをする勇気は、さすがに持ち合わせていないし。

そうは思っていても、焦りと不安と緊張で全身がガチガチに固まっているのが分かる。そのことを悟られたら、それこそ彼は愛菜を抱く気をなくしてしまうだろう。

だから、……最初はこちらが主導権《しゅどうけん》を握る。

彼の余裕をどこまで奪えるかは分からないけど、何もしないよりはマシなはずだ。

湖西からの返事はない。

こちらの様子を窺《うかが》っているようだ。

経験豊富な彼は、女性から奉仕される機会も多いのだろう。お手並み拝見、とでも思っているのかもしれない。

……口淫《こういん》の手ほどきは元彼から受けた。鍛《きた》えられたといってもいい。

元彼との付き合いが終わりに近付いた頃は、一つに繋がるよりも、手と口で奉仕することの方が圧倒的に多かった。

セックスより口淫を強請《ねだ》る原因は〝愛菜《おまえ》〟にあると、あの人は言っていたけれど――

掌《てのひら》を柔らかく押し当ててタオル越しに彼に触れる。ソフトタッチで撫《な》でていると、そこが緩く勃《た》ち上がり始めた。良かった……少しホッとする。

お願いした通りの姿でバスルームから出てきたからその気満々なのかと思っていたのに、ベッドに上がった彼からはそんな様子が感じられなかったので、実はちょっと焦っていた。

タオルを取り払い、それにそっと手を添える。

愛菜はじわじわと熱を持ち始めた股間に覆《おお》い被さった。

いきなりは咥《くわ》えない。口の中の唾液を塗りつけるように、舌を這わせていく。

側面と裏筋を大きく舐《な》め上げ、くびれは舌先を尖《とが》らせてくすぐりながら……それが彼女に口淫《こういん》を教えた男の喜ぶやり方だった。

湖西はどうなんだろう。

男の人が全員同じところで感じるとは思わないけれど、手で支えているものは、時折ピクッと震えている。……反応するってことは気持ち良いのかな。

「……っは、……」

頭上で熱い息が零《こぼ》れた。彼の吐息に後押しされて、根元から先端まで舌を何度も行き来させる。

滲《にじ》み出た先走りは、指の腹で先端に塗りつけた。唾液と混ざって滑りの良くなったそこを、指と舌でさらに攻めていく。

頭上から湖西の視線が注がれるのを感じる。

直接的な刺激だけじゃない、男は視覚でも感じるものだ——以前教えられたことが頭の隅を過《よ》ぎる。

奉仕する自分の姿に湖西も興奮しているのだろうか。

そろそろかな。

頃合いを見計らって、ねっとりと舐めていた切っ先をジワジワと口内に招き入れた。

「……っ」

……これ、大きくない？

喉元《のどもと》ギリギリまで呑み込んだのを少し後悔した。

苦しい。手で擦《こす》っているだけでかなり大きくなっていたのに、咥《くわ》えたらさらに質量が増してしまった。

嘔吐《えず》きそうになるのを必死で堪《こら》えた。涙が滲《にじ》む。

なんだろう、悔しい。何故か分からないけど、〝負けた〟気分が膨らんでいく。

謎の敗北感を打ち消すように愛菜は全力で彼の欲望を煽《あお》った。

先走りが滲む先端は口で、根元と後ろの膨らみは指と手で、それぞれ違った刺激を与えていく。

緩急をつけて弄《いじ》り倒しながら、わざと濡《ぬ》れた音を響かせた。

シャワーを浴びた直後だからか、臭いは全く気にならない。彼が体臭のキツい人じゃなくて良かった。

……こんなことを考えながら口淫《こういん》するなんて不純かな。いや、そもそも会ったばかりの相手とホテルに来ている時点で、純粋なはずない。

「……っ……もう、いい」

不意に頭に重みを感じ、涙目のまま見上げた。

湖西が大きな手を愛菜の頭に置き、真っ直ぐこちらを見下ろしている。その掌《てのひら》はひどく熱を持っていた。

彼の手がスルリと愛菜の頬に流れる。掌だけじゃなく指先まで熱い。愛菜は咥《くわ》えていた屹立《きつりつ》からそっと唇を離す。最後に先端をチロリと舐《な》めた。

「――っ！」

彼の目尻が色っぽく歪《ゆが》む。

その表情に魅《み》せられた次の瞬間――四つん這いになっていた身体を抱き起こされ、視界が大きく反転した。

仰向けになった愛菜の顔を湖西がジッと見つめてくる。彼と視線を絡ませるのが怖くて、瞼《まぶた》を閉じ密《ひそ》やかに息を吐く。

……いよいよだ。試される、いや、自分を試すときが来た。

緊張のあまり冷えていく指先で、ギュッとシーツを掴《つか》む。けれど、すぐに指の力を抜いた。

今夜の愛菜は〝場慣れした女〟だ。固くなっていては怪しまれる。躊躇《ためら》うのも駄目だ。自分から誘うくらいしなければ。

目を開け、彼を見上げながら囁《ささや》く。

「はやく……愉《たの》しませてね？」

声が裏返りかけたのを誤魔化《ごまか》し、無理矢理笑顔を作った。逞《たくま》しい肩へ指先を滑らせる。彼の肌は愛菜よりもずっと温かい。

彼が一瞬、唇を引き結んだ。

「……できるだけ優しくする。もし辛かったら言って」

「っ……！」

髪を梳《す》くように撫《な》でられたかと思うと、精悍《せいかん》な顔が迫ってきて頬に軽くキスされた。

彼の言葉の意味が理解できない。

誘惑したつもりだったのに、労《いたわ》られた？

もしかして、愛菜が何を考えて彼をベッドに誘ったのか見透かされてる――？

「っ、あの」

「ん？」

「……、……いえ」

何でもない、と首を振った。

まさか。考えすぎだ。超能力者でもない限り、出会ったばかりの相手が心の奥で何を考えているかなんて分かるわけがない。

彼はそんな愛菜を静かに見つめ、小さく息を吐く。

大きな手がバスローブをそっとはだけさせ、晒《さら》された素肌に長い指が滑る。肩や鎖骨を辿《たど》る指の後を彼の唇が追い、あちこちにキスを落としていく。

腰から臀部《でんぶ》、太腿《ふともも》まで下りた手が、脇腹を撫でて上へと戻った。そして胸の形が崩れないくらいの柔らかい手つきで膨らみを揺らす。

愛菜の肩が反射的にピクッと跳ねた。

緊張と戸惑いで強張《こわば》っていた身体が、優しい愛撫《あいぶ》で少しずつ解《ほぐ》れていく。

しばらくの間、くすぐるような彼の手つきに身を任せた。

じっくり時間をかけたからだろうか。いつしか肌は彼の愛撫に物足りなさを覚え始める。しかしそれは彼にとって想定内……いや、それが狙いだったようだ。

一つ息を吐いた彼が動きを変える。じわじわ湧き上がってきた焦《じ》れったさを訴える間もなかった。もたらされる快感が唐突に鋭さを増す。

「……っ！」

耳、鎖骨、脇腹の一点。

暴かれた敏感な部分ばかりを狙って指が這う。

丁寧に全身に触れていたのは、感じる場所を探っていたからか、とようやく気付いた。けれど気付いたところでどうにもならない。

肉厚な舌が首筋を舐《な》め、指先は胸の頂《いただき》を転がし、弄《もてあそ》ぶ。

鮮烈な愛撫を同時に何箇所にも与えられて、愛菜はあっという間に快楽に呑まれた。

膨らみの先端が音を立てて彼の口に吸い込まれる。熱い粘膜の中で舐《な》め回され、キュウッと吸い上げられた。

震える内腿を熱い掌《てのひら》が這う。足の間に潜《もぐ》り込んだ指先が、淡い茂みをかき分けて秘された花芯をくすぐった。

鋭く息を呑む。身をくねらせても逃げ切れない。彼はもう手加減する気はないらしい。

秘裂の浅いところを撫でた指が、蜜のぬめりを帯びて中へ滑り込む。

乱れた二人の息遣いに卑猥《ひわい》な水音が重なった。

直接触れられる前からそこが熱く潤《うる》んでいたことを教えられ、全身が羞恥心《しゅうちしん》でカァッと火照《ほて》る。

喉《のど》を反らして悶《もだ》えている間に、秘裂を探る指の数が増えた。クチュクチュと響く音に煽《あお》られる。

背が反り、腰が揺れた。体内が熱く疼《うず》いて堪《たま》らない。

……甘い責め苦はそれからもしばらく続いた。時間の感覚はもうない。

彼が愛菜の太腿《ふともも》を抱え上げたときには、既に腰が砕けていた。

「……っ……ゴム……」

はぁはぁと荒い呼吸を繰り返しながら、短い言葉を懸命《けんめい》に絞り出す。同じく息を乱した彼が愛菜の手を自身の下腹部に導いた。

……触れた瞬間、思わずウッと息を詰める。

既に付いていた。いつの間に。

一瞬我に返った愛菜の隙をつくように、彼が腰を進める。屹立《きつりつ》に愛蜜をまとわりつかせ、凶暴な切っ先をじわじわと体内に沈めていく。圧迫感が襲ってきたが、内壁はそれまでの愛撫《あいぶ》でとろけ切っていて、痛みは感じない。

彼は熱い猛《たけ》りを全て中に収めると、大きく息を吐いた。

「……すごいな」

掠《かす》れた呟《つぶや》きが耳に届く。愛菜は彼を見上げた。

――その、表情に。

魅《み》せられる。

直後、ゆるりと揺さぶられて、背筋を快感が駆け抜けた。

彼に与えられたのは、人生で一番濃密な時間だった。けれど――

結果を言えば、失敗だった。それも〝大〟のつく。

ちなみに、彼は全然悪くない。最悪な結果を生み出した原因は、愛菜自身だ。

彼は……とても丁寧に抱いてくれたと思う。少なくとも元彼よりは断然。それは言い切れる。

全身をくまなく愛撫してくれたし、褒《ほ》め言葉で気分を盛り上げてくれた。耳や脇腹が感じるなんてことも初めて教えられた。……でも。

声は出なかった。

いや、……出せなかった。

二年以上も前に別れた元彼に貼られた『喘《あえ》げない女』の悪評価《レッテル》。

それはもしかしたら自分のせいじゃなく、彼のおざなりな抱き方のせいなんじゃないか、なんて考えていたのに。

女性の扱いに長《た》けていそうな湖西が相手なら喘ぐことができるかもしれないと思って彼を誘い、その手に身を委《ゆだ》ねても、喉から出るのは乱れた呼吸音だけ。結局可愛い声は最後まで一度も出せなかった――

愛菜の中で果てた湖西が、しばし荒い呼吸を繰り返した後でゆっくりと起き上がる。汗の滲《にじ》む熱い身体が離れると、二人の間にひんやりした空気が流れ込んだ。

情事の余韻《よいん》を楽しむ気になんて到底なれない。人形のように黙って組み敷かれる愛菜に、湖西が満足したとはとても思えなかった。情けなさと自己嫌悪が胸に重く積もっていく。

愛菜はゴムを処理する彼の背にひと声かけて、逃げるようにバスルームに向かった。

熱い湯を浴びても、どん底の気分は流せない。沈んだ気持ちが出ないよう、表情を精一杯取り繕《つくろ》って部屋に戻った。湖西にもシャワーを浴びるよう促《うなが》し、彼が汗を流している間に手早く服を身に着ける。一人になると、またうっかり顔が歪《ゆが》みそうになる。

室内の自動精算機で会計を済ませたタイミングで、彼がバスルームから出てきた。

泣きそうな顔なんて見せたくない。セックスした相手が暗い顔をしているなんて、男性にとっては不快でしかないだろう。だから、

「ありがとうございました」

と、できるだけ穏やかな声で言って頭を下げた。バッグを持つ手が震えているけど、距離があるから気付かれないだろう。

湖西が何か言う前に踵《きびす》を返し、そのまま扉に向かう。けれど、ノブを掴《つか》む直前に、湖西に手首を掴まれた。

「……これからも会ってくれないか」

沈黙が落ちる。

何も言わない愛菜に焦《じ》れたのか、彼がもう一方の手を肩にかけてくる。

愛菜は全身を強張《こわば》らせ、無言で首を左右に振った。

どうしてそんなことを言うのだろう。

ひょっとして、私が満足してないと思ってる？

私が態度を誤魔化《ごまか》せなかったから、男としての自尊心を傷つけてしまった？

二度目を要求してくるってことは、もしかしたら今夜は湖西にとって相当不本意なひとときだったのかもしれない。彼が噂通りの百戦錬磨《ひやくせんれんま》な男性なら、ベッドで反応の薄かった愛菜に対して『今度こそ感じさせてやる』なんて考えているのかも――

それだけ不快にさせてしまったかと思うと申し訳なくて、俯《うつむ》いたまま振り返った。せめてものお詫《わ》びのつもりで彼の胸板に額を付け、もう一度小さく首を振る。

こんな面倒臭い女に付き合ってくれてありがとう。

これで充分、二度目は必要ない。結論が出たから。

振り回してごめんなさい。

「素敵な思い出は、一夜限りだからいいんですよ？」

この場面で本音を吐き出すのは自分に酔っているみたいで嫌だし、何より彼に失礼だ。

だから遊び慣れた女性になり切って、軽薄な台詞《せりふ》を絞り出した。

声が震えなかったことにホッとして、自然な笑みを作って顔を上げる。

感情の見えにくい湖西の顔から怪訝《けげん》そうな気配が滲《にじ》む。けれど、これ以上どう取り繕《つくろ》っていいのか分からない。愛菜は顔に笑みを貼りつけたまま、肩に置かれた手をそっと外して言った。

「さよなら」

「来週の同じ時間にまたあの店に行く、だから――……」

追いかけてくる低い声を最後まで拾うことなく、愛菜はその場を後にした。

2

「なかちゃん、お昼どうする？」

昼のチャイムが鳴り終わると、斜め前の席から話しかけられた。愛菜はディスプレイから目を離し、背伸びをしながら声の主に笑顔を向ける。

〝中戸〟を一文字だけ略して呼ぶ女性――安倍花緒理《あべかおり》は、愛菜と一番仲の良い女性社員だ。一年先輩の彼女は、愛菜の中では〝頼れるお姉さん〟的なポジションにある。整った顔を引き立てるオフィスメイクや髪型はもちろん、おしゃれな私服も、それを着こなすスタイルも完璧。おまけに面倒見が良くて、仕事もできる。そんな彼女は、愛菜が思い描く理想の社会人そのものだ。

「コンビニで買ってきたからここで済ませちゃうよ」

「えー、今日も社食行かないの？　木曜のA定、なかちゃん好きでしょ？」

綺麗《きれい》に巻いた髪を手櫛《てぐし》で整えながら、安倍が小首を傾《かし》げた。

この会社の社員食堂はかなり美味しい。特に曜日ごとにメニューが替わる定食は、愛菜のお気に入りだ。

Ａ定食はボリュームのある丼物《どんぶりもの》で、Ｂ定食はご飯にみそ汁、メインのおかずの他に小鉢がいくつか付いている。前者は男性向け、後者は女性向けとして用意されたメニューなのだろう。

ちなみに木曜のＡ定食は親子丼。愛菜にとっては量は多めなのに、いつも最後まで平らげてしまう。とにかく美味しくて箸《はし》が進むのだ。

「急ぎの仕事？」

「ううん。社食の気分じゃないだけ」

あの鶏肉《とりにく》と卵と出汁《だし》の絶妙な加減を思い出すと、途端に恋しくなってきた。でも我慢だ。もし湖西に会ったら気まずい思いをするだろう。

今はまだどうしていいか分からない。彼との間にあった出来事が自分の中で沈静化するまで、愛菜は彼と接触する可能性のある社食は利用しないつもりだった。

「……会いたくない人がいる、とか？」

考えていたことが顔に出たのか、そのままズバリの指摘を受けた。冷や汗が噴き出す。

思えば、勘の鋭い安倍がここ数日の愛菜の変化を見逃すはずがなかった。

木曜日はお腹を空かせておくのが愛菜の鉄則だ。他の曜日も安倍達とＢ定食や麺物《めんもの》を食べに社食に行くのがすっかり習慣化している。その愛菜が、先週末からお昼持参で出社するようになったのだ。

むしろ今まで尋ねてこなかった方が奇跡かもしれない。もしかしたら気を遣ってくれていたのかも。

「そんなんじゃないよ」

否定の言葉は思ったよりすんなり出てきて、ホッとする。

けれど相手の目には不審に映ったらしい。即答したことがかえって怪しかったようだ。

机の向こうから投げかけられる意味ありげな視線を、引きつり笑いでどうにか流す。

「でも、なかちゃん……」

「あ、ほらっ、安倍ちゃん、急がないと席埋まっちゃうんじゃない？」

安倍の言葉を遮《さえぎ》って促《うなが》す。

ちょうどそのとき、同じ課の女性社員、真野《まの》と堀田《ほりた》が二人揃ってこちらに近付いてきた。

真野は、愛菜と同期。入社して早々に社内で彼氏をゲットしたことで話題になった子だ。新人の頃は挨拶ぐらいしかしない仲だったが、話してみると意外に話が合った。

堀田は派遣社員で、愛菜の三歳上。四人の中では最年長だが、いつもテンションが高くてはしゃいでいるせいか、業務から離れた場では年齢よりも幼い印象を受ける。

二人とは安倍を介《かい》して仲良くなった。最近では、昼休みになるとこの四人で行動することが多い。

なおもチラチラとこちらを窺《うかが》ってくる安倍と、その様子を見て首を傾《かし》げる真野達に「行ってらっしゃい」と手を振って、コンビニの袋をガサガサと探り始める。

会話を切り上げたいと言わんばかりの愛菜を見て、安倍は盛大に溜息をついた。

「行ってくる。……いつか教えてね」

「……うん」

「……ってことは、やっぱり気分の問題じゃないんだ」

こちらがウッと詰まるのと、向こうが噴き出したのはほぼ同時だった。顔を上げた愛菜に小さくウインクを寄こして安倍が席を離れる。

三人の背中を見送ると、今度は愛菜の口から重い溜息が漏《も》れた。

「はぁー……」

溜息をつくと幸せが逃げると言うけれど、今の愛菜からは幸せどころか魂《たましい》まで抜け出てしまいそうだ。

モゴモゴと頬張ったおにぎりをペットボトルのお茶で流し込む。

ここ一週間で、それまであまり縁がなかったコンビニの商品にすっかり詳しくなってしまった。

……そう、今日で一週間。

湖西と関係を持ったのは先週木曜の夜だった――


彼は愛菜の想像通りの男性で、それでいて想像とは違ったところのある男性だった。

想像通りなのは無表情なところ。

どんな場面でも彼はいつも表情を崩さない。愛菜のフロアに来て課長と仕事の話をしているときに真面目な顔をするのは分かるけれど、息抜きの場である社食に来て毎回違う女性社員とテーブルを囲むときも、彼の表情は一貫して変わらない。彼の傍らにはいつも同じ男性社員の姿があるが、その男性の方がずっと表情が豊かで、女性達とも会話を弾ませているようだった。湖西は静かに相《あい》槌《づち》を打つばかりで、積極的に会話に交ざっているところなど見たことがない。〃人気がある〃と有名な人にしては、少し違和感があった。

だから、実は彼は、会社を離れた途端に愛想と色気を振りまくタイプで、美人のお姉さん達はそのギャップに心奪われちゃうのかな、なんて勝手に想像していたのだけれど。

あの夜の湖西は、就業中とほとんど変わらない無表情ぶりで。

言葉数も少ないから、何を考えているのかさっぱりで。

……いやいや別に文句はないよ？　彼が私に対してどんなことを考えていたとしても。自分から誘ってきたくせにベッドに上がった途端、ノリの悪くなったつまらない女、なんて思われてる可能性も充分あるし。彼を満足させられた自信なんて一ミリもないし。

「でも……優しかった、よね……」

そう、全部が優しかった。

肌を滑る手の動きは細《こま》やかで丁寧で、求められるのと同時に労《いたわ》られているような不思議な気分だった。

指先も舌も、急《せ》かすことなく愛菜をじっくり溶かしてくれた。

かといって焦《じ》らされたわけでもない。欲しいと思ったタイミングで次の動きに移ってくれるというか……こちらの肌の高まり具合に合わせて進めてくれたというか。

ああいうのを〝手慣れた〟っていうのかな。

あんなセックスは初めてだったから、正直戸惑わずにはいられなかった。

……おまけにあの表情。

口淫《こういん》を止められた直後と、彼女の中に入ってきたときのあの顔は――反則だ。

少し眉根を寄せただけ。わずかに目を細めただけ。なのに心臓を打ち抜かれたような思いがした。

一週間経った今でも、脳裏《のうり》にがっちり焼きついていて離れない。

もしかして、彼を取り巻くお姉さん達はあの瞬間に彼に落ちるのだろうか。だとしたら納得しちゃうかも。

経験豊富な美女がコロッといっちゃうなら、経験値の低い自分があっさり撃ち落とされたのも仕方がないことなのかもしれない。

思い出すだけで心が騒ぎ出す。

勝手に火照《ほて》る頬にペットボトルを当てて、小さな溜息を繰り返した。

「……はぁ」

ほんのり甘くて浮ついた感情が愛菜を満たす。が、それと入れ違いにやってきたのは、どんよりとした昏《くら》い感情だ。

セックスに手慣れた湖西が相手でも、彼女は喘《あえ》げなかった。……なら、元彼が悪いんじゃない。

やっぱり愛菜自身の問題なのだ。

湖西はさぞがっかりしただろう。自分からホテルに誘った負い目もプラスされて、ただただ彼に対して申し訳ないという気持ちばかりが溢れてくる。

「ただいまー」

ぐるぐると重い思考に囚《とら》われているところに、安倍達が戻ってきた。

顔を上げ、一緒に口角も上げる。

食べ切れなかった物とゴミを一緒に片付けて、笑顔を貼りつけたまま安倍と共にパウダールームへと向かった。


「ね、今晩って暇？　さっき真野ちゃん達と飲みに行こうって話になって」

パウダールームでメイクを直していると、安倍にそう聞かれた。あの夜、湖西が別れ際に放った一言が頭を過《よ》ぎる。

『来週の同じ時間にまたあの店に行く』

彼が指定したのは今夜だ。

あのとき愛菜は返事もせずに立ち去ったが、言葉ではっきりと断ったわけではない。ホテルにまでは行かないにしても、あの店に顔を出すくらいはした方がいいんじゃないだろうか。

もしも本当に彼が待っていたら、約束――をしたつもりはないけれど――を一方的に反故《ほご》にするようで申し訳ない。店に行って、彼と会った上できちんと断った方が。

「……」

「なかちゃん？」

……違う。

これは義理立てじゃない。未練だ。

たった数時間一緒にいただけ。たった一度繋がっただけ。なのに、その短い触れ合いがあまりにも鮮烈だったので、気持ちがすっかり湖西に向いている。

自分が求めたのは一夜限りの相手だったはず。それを忘れて、こんな気持ちのまま二度目を許したら、ずるずる嵌《はま》っていきそうで怖い。

……あれは思い出。

大丈夫、彼は私の素性を知らない。

このまま日が経てば、きっと印象の薄い女の顔なんてすぐに忘れるだろう。ほとぼりが冷めたら、愛菜と社内ですれ違っても気付かないに違いない。普段たくさんの美人を相手にしている彼ならそのはずだと思って、あの日彼に声をかけたのだ。

だからこちらもこのまま忘れてしまえ。下手に引きずってこの未練が重みを増す前に、記憶ごと捨ててしまえ――鏡の中の自分に向かって、愛菜はそう繰り返す。

そして顔を上げ、明るい口調で言った。

「……行こうかな。うん、行く。久しぶりだよね、安倍ちゃん達と飲みに行くの」

安倍と鏡越しに目が合った途端、どちらからともなく笑いが漏《も》れた。

愛菜は自然に生まれた笑顔のまま尋ねる。

「メンバーはいつもの四人？」

「もっと増えるよ。真野ちゃんが声かけるって」

「誰だろう……まさか府木《ふき》女史？」

「ないわー、それはないわー」

厳しいと評判の先輩社員の顔を思い浮かべながら使い終わった化粧品をポーチに仕舞い、パウダールームを出る。

終業後に健全な予定ができたことで、憂鬱《ゆううつ》な気分が少し収まった。隣を歩く安倍に心の中で感謝しながら愛菜も足を進める。

席に着くと、スイッチでも押したかのようにすんなり意識を切り替えることができた。

午後はいつもと変わらず、集中しながら業務をこなしていった。このままいけば、定時で上がれそうだ。

気の置けない友人達との久しぶりの女子会。店を決めるのは真野だろう。彼女は恋人と飲み歩くのが好きで、色々な飲食店に詳しい。彼女に任せておけば安心だ。楽しい友人と美味しい食事に囲まれて、きっと賑《にぎ》やかなひとときを過ごせる。

そんなことを考えながら愛菜はキーボードで文字を打ち込んでいく。

時折お茶で喉《のど》を潤《うるお》して、伸びをして、気分転換に今夜の女子会のことを考えて。

胸の奥に湧き上がるモヤモヤを押さえつけ、手元の資料に意識を集中させる。

――そうして午後の時間をやり過ごしたのに。

「お待たせー」

「お、やっと来たか」

真野に案内されて初めて入った店には、予期せぬ待ち人がいた。

「こんばんはー。あっ！　湖西さんじゃないですかー」

先頭の真野に続いて個室に入った安倍の口から信じられない言葉が飛び出した。

——湖西さん!?

ギクリと固まった愛菜の脇を、堀田がスルリと通り抜けていく。

通路の数歩先、右手にある個室の入り口からは、挨拶や労《ねぎら》いの言葉が軽やかに飛び交っているのが聞こえてくる。

愛菜は一人、その場に立ち竦《すく》んだ。硬直したまま動けない。

冷たい風の吹く外から暖房の効いた店に入って、アウターもまだ着たままだというのに、全身が一瞬で冷えた気がした。

彼がどうしてここに……

先週の店にいるんじゃないの？　ことは真逆の方向にある、あの店に。

私だってあの店に行かずにここに来ている。だから責めるとかそういうつもりはない。でも何故よりによって……じゃない、そもそも……

個室の入り口に立ち尽くす愛菜に気付いて、安倍が中からぴょこんと顔を出す。

「どうしたの？」

「安倍ちゃん……今日って女子会じゃ、ないの……？」

掠《かす》れた声で投げた問いは、彼女の耳まできちんと届いたらしく、怪訝《けげん》そうな声が返ってきた。

「違うよ？　真野ちゃんと、彼氏の千沢《せんざわ》さんがメンバー集めるから男女合同で、って言わなかった？」

言ってない。

聞いてないー！

当日いきなり声をかけたにもかかわらず結構な人数が集まった、とはここに来る道すがら真野から聞いていたが。女子会だと思い込んでいた愛菜にとっては寝耳に水に近い。

今更のように終業後の安倍達の様子を思い出した。

メイクを念入りに直していたのはこのせいか。

一日が終わるっていうのに皆女子力高いな、なんてのほほんと考えていた愛菜が間抜けだった。

少し考えれば彼女達の行動が、男性陣の目を意識してのものだって分かりそうなものなのに。……いや分からないか。特に安倍は普段から気合い入ってるし。

それにしても真野彼氏《せんざわ》が呼んだ男性陣の中に、今一番会いたくない人がいるなんて……

「か……帰っていい？」

「合コンじゃないって。なかちゃんも知ってる社内の人ばかりだから大丈夫だよ」

知ってる人だから気まずいの！　……とはさすがに言えない。それこそ気まずい。

「お酒とご飯とお喋りを楽しむって目的には変わりないんだから」

ね？　と安倍は小さく首を傾《かし》げる。

言葉は柔らかい。けれどその態度は容赦《ようしゃ》なかった。

安倍は強引に愛菜の手を引き、二席空いた場所に連れていく。そして戸惑う愛菜を見かねて隣に座ってくれた。

「なかちゃん、女子会だと思ってたみたい」

「こ、んばんは。すみません、びっくりしちゃって」

挙動不審気味《きょどうふしんぎみ》な愛菜に代わって安倍が皆に説明する。愛菜はとりあえずペコリと頭を下げた。

……いつまでもこそこそと逃げているわけにはいかない。

同じ会社の男性を一夜の相手に選んだのは自分自身。

今後も数え切れないくらい顔を合わせる機会がある。それは誘う前から分かり切っていたことだ。

本当は、――できることならもう少し日を置いてからが良かった。

せめて湖西が自分の顔を忘れてくれるまで。

でもこうなってしまったら仕方がない。覚悟を決めないと。

笑みを貼りつけた顔を、恐る恐る上げる。

思ったより大人数だ。安倍達の他にも数人女性がいる。彼女達と同じくらいの数の男性陣の中には、知ってる顔もいくつかあってほんの少しだけホッとした。

――が。

そろりそろりと周囲を見回し、端の席まで確認し終えた愛菜は、困惑しながら眉根を寄せた。

……いない。

湖西の姿がない。

ひょっとして同姓の別人だったのか。でも〝コサイ〟という苗字はなかなか珍しい。もし社内に二人目のコサイ氏がいるとしたら、一度くらいは話題に上がるだろう。紛らわしいとか何とかで。

なのに友人達の口からそんな話は聞いたことがない。

けど、安倍はさっき、確かにその名を口にした。

聞き間違えようのないクリアな声で――……

「湖西、さん……？」

口から無意識にその名が零《こぼ》れる。

そのかすかな呟《つぶや》きに、斜め前と隣から同時に反応が返ってきた。

「何？」

「なかちゃん初対面だった？」

「え？」

……意味が分からない。

隣の安倍と、彼女の向かいに座る男性を交互に見る。

「そういえば、湖西さんがこういう飲み会に来るのって久しぶりじゃないですか？」

「そうだね。今日は千沢の泣き落としに負けた。たまにはいいかなって思ってさ」

「私の感覚的には、もっと出てもいいと思いますよ。こうして別の課の子と知り合う機会にもなりますし」

にこやかに始まった会話を聞いているうちに、愛菜の混乱に拍車が掛かった。

途中、飲み物のオーダーに平静な声で答えられたのは奇跡に近い。

「彼女は中戸さん。同じ課で、私の一期下の後輩になります」

「あ、はい。中戸といいます」

安倍の言葉を受けて、斜め前の席の男性が愛菜にニコリと笑いかけた。反射的に笑みを返せたのは、社会人になってから鍛《きた》えられた表情筋のおかげだ。が、次の瞬間、正面に座る女性からきつく睨《にら》まれた。

愛菜は彼女とも初対面のはずだ。

なのにどうして敵意を持たれたんだろう。……ああそうか、横に座る彼狙いか。

とりあえず、その眼差しはかなり怖いので勘弁《かんべん》してほしい。

牽制《けんせい》したところで、愛菜にはこの男性とどうこうなりたいなんて気持ちは微塵《みじん》もないのに……

そこでようやく思い出した。

……愛想が良くて、いつも綺麗《きれい》な女性を連れていて……そうだ、この人のことは知っている。というか、遠くから何度も見たことがある。

「よく食堂で安倍さんと一緒にいるよね。初めまして、湖西です。よろしく、中戸さん」

そう、食堂でいつも湖西と一緒にいる男性だ――……え？

「こ、さい……さん？」

その名を繰り返すと、安倍が苦笑しながら言う。

「前に教えてあげたじゃない」

「それって褒《ほ》め言葉と一緒に？」

「ふふふ、どうでしょう」

安倍と男性のお喋りが耳を素通りしていく。

会話の内容に理解が追い付くに従い、動悸《どうき》が激しくなる。

飲み物はまだ届かない。

唾をごくりと呑み込み、ゆっくり声を出す。

「あの、貴方《あなた》が、湖西さん……？」

男性は笑顔で頷《うなず》いた。

「じゃ、えと、いつも食堂で一緒にいる、もう一人の男の人って」

湖西と名乗る彼に、掠《かす》れた声で質問をぶつける。

「宮前《みやまえ》？　あいつが、どうかしたの？」

「——……！」

ぐるぐると渦《うず》を巻いていた思考が一瞬で全停止した。

それでも愛菜の口は勝手に動く。

「……どんな人ですか」

「宮前は良い奴だよ。一言で言えば真面目。あんまり表情が動かないから、つまらない人間とか怖い奴って思われがちだけど、付き合ってみると面白い奴だし。俺かなり好きなんだよね、宮前のこと。だからついくっついていっちゃうんだ」

「えぇ～意外ですぅ。宮前さんが湖西さんにくっついてるんだって思ってましたぁ」

「逆。俺が宮前の後を追いかけてんの」

「お二人って同期でしたよね？」

「そう」

隣に座る女性と安倍に返事をしつつ、湖西はジョッキを傾ける。

「口数少ないのに一言一言がいつも的確で、新人研修の頃から随分助けられてる。あと上司受けもいいんだよな、あいつ。ほら、うちの課長と安倍さんのところの課長って犬猿の仲だろう？　だけど宮前が間に入ると話が上手く進むみたいでさ」

「ああ、それで宮前さん、よくうちの課長のデスクに来るんですね」

安倍が頷いた。

「パシられても文句一つ言わないし、そんな風に余計なことに時間取られても自分の仕事には一切妥協《だきょう》しないし。本人に言ったことはないけど、割と真面目に尊敬してる。ああいう奴だから課長に信用されるんだろうな」

湖西による友人賛美が一段落すると、話題は互いの課の課長のことに移る。

けれどそれらの会話のほとんどが、愛菜の耳を素通りしていった。

――花から花へと渡り歩く蝶のように女性との華やかな噂が絶えなくて、ひそかに〝歩くフェロモン〟なんて謎なあだ名で呼ばれていて、なのに同性から妬《ねた》まれることもなく、むしろ慕われるという不思議な魅力の持ち主……それが愛菜の中の湖西像だ。

だからこそ一週間前、彼に白羽《しらは》の矢を立てた。

彼が噂通りの人物なら一夜の情事に抵抗はないだろうし、そのテクニックで愛菜の悩みも解決してくれるかもしれない――そう思って。


なのに彼は……あの男性は、噂がどうこうという以前に〝湖西〟ですらなかった……


愛菜が衝撃を受けている間も、会話は滞《とどこお》ることなく続いていく。

「……誰が付けたかは知らないけどね、犬課長ってあだ名」

「確かにうちの課長って犬っぽいです、でも」

「ああ、猿課長の方は、外見とか性格じゃなくて、昔バナナにハマってバナナばっかり食べてた時期があってさ。こじつけだよね。あの人、見た目は猿っていうより虎……って中戸さん、もしかして具合悪い？」

上司の話で盛り上がっていた数人の目が、一斉に愛菜に向いた。が、今の愛菜に笑って誤魔化《ごまか》す余裕はない。飲み物も乾杯の音頭で一度掲げたきりで手つかずだ。愛菜は、とっさに表情を取り繕《つくろ》うこともできず、目を泳がせた。頭の中は一週間前の彼のことで一杯だ。

安倍からも「顔色が良くないかも」と指摘されたのをいいことに、化粧室に逃げ込む。

鏡に映る自身の顔はかなりひどい。

メイクで誤魔化《ごまか》せないほど真っ青になった顔には、悲愴感と焦燥感がぐちゃぐちゃに入り混じっている。

でもその最悪な顔と向き合うことで、なんとか覚悟ができた。

席に戻った愛菜は、安倍に声をかける。

「ごめん安倍ちゃん。申し訳ないんだけど私、先に帰るね」

「一人で大丈夫？」

駅まで送ろうかという安倍からの申し出を辞退して、幹事の真野にも一言断って店を出る。

最寄り駅は目と鼻の先だ。

愛菜は冷たい風を頬に受けながら、早足で歩いた。

頭の中を必死に整理する。

まるでデスクの引き出しを丸ごとひっくり返したように思考が混乱していて、どこから手を付ければ良いのか分からない。


無表情。

噂の男性。

少ない口数。

優しい手。

真面目な性格。

一瞬垣間見たあの顔。

〝良い奴〟——


『なかちゃんホラ、湖西ってあの人だよ』

『え、どの人?』

『二つ向こうの列。秘書課の都筑《つづき》さんって湖西さん狙ってるのかな。最近一緒にいるの、よく見かけるんだよね』

『あのグループ、男の人二人いるよ?』

『イケメンの方』

『……へー』


社食で安倍達とそんな会話をしたのは、数ヶ月前の昼休みだった。

教えられた方向をチラリと窺《うかが》うと、少し離れた席に都筑の姿があった。そして彼女の近くに座る二人の男性。

愛菜の目は、そのうちの一方の男性の上で止まった。

彼は、愛菜が自席で作業しているときにたまに見かける人物だった。

整った顔と動かない表情が美術館に置かれた彫刻を連想させて、こっそり目の保養にしていた他課の男性。

彼の姿をたまたま見られた日はラッキーかもしれない、なんていう妙なジンクスまで作っていた。

その彼が〝噂の湖西〟その人だったとは――

……なんて、きっちり確認もせず納得してしまったあのときの自分に、タックルかましてマウント取って往復ビンタをかましてやりたい。

それにしても、自分の美的感覚が他の人とズレてたなんて、今の今まで全然気付かなかった。

確かに〝本物〟の湖西もイケメンだ。背景に花を背負っていてもおかしくない、正統派美形だと思う。

でも愛菜の目には、キラキラ笑顔で物腰の柔らかそうなこの美形より、いつも彼の隣で黙々と食事する、無表情で少し陰のあるクール系美形の方がはるかに魅力的に見えた。見えたったら見えた。

正直今だって、間近に見た彼より、先週逢《あ》った湖西――もとい宮前の方が断然格好良いと思っている。

でも……この場でいくら自分に言い訳しても、盛大に人違いしていた事実は変わらない。先週の触れ合いもなかったことにはできない。

「つ、あぁぁぁ……」

改札を抜けてホームで電車を待つ間、とてもじゃないがじっとしていられなかった。

今ここに誰もいなかったら、頭を抱えて奇声を発しつつ走り回りたい。太い柱に頭突きしたい。その辺を転がり回りたい。

しかし、帰宅ラッシュの時間帯を若干過ぎたとはいえ、周囲にはまだたくさんの人がいる。こんな場所でそんな奇行に走ったら確実に変人だ。

湧き上がる羞恥《しゅうち》と焦燥《しょうそう》をグッと堪《こら》えてバッグの持ち手を握りしめる。

やがてホームに電車が滑り込んでくる。

電車に揺られて向かう先は家ではなく、先週一人でフラッと立ち寄った店。

あの日愛菜は残業で頭が疲れていたせいか、何となく真っ直ぐ帰宅するのが嫌で、乗り換えの駅で降りてぶらぶらと歩いていた。そのときふと目に入ってドアを開けてしまった、あの店だ。

彼が今日店にいるかなんて分からない。約束はしなかった。愛菜の態度を見て〝断られた〟と思ったのなら、あの店で待ってはいないだろう。

それでも愛菜は、足を運ばずにはいられなかった。

遊び人だと思い込んで声をかけた相手が、真面目と評される人だったから。

この一週間、幾度となく胸にこみ上げた罪悪感が、今一気に膨れ上がった。

あの数時間は双方の合意の上だった。それは間違いない。でも彼が真面目な人だと知っていれば声をかけなかった。誘わなかった。愛菜自身の問題に彼を――宮前を巻き込んだりはしなかった。

……いきなり誘って、勝手に結論づけて、一度は撥《は》ねつけたくせに、今度は会って謝りたいなんて、ただのエゴだろうか。

もしかして、このまま行きずりの女としてフェードアウトする方が宮前にとっては都合が良い？

――そんな考えに思い至って、ふと歩調を緩める。

遊び慣れた人なら、たった一度きりの相手との関係が切れたって大して気にはしないだろう。そう考えたからこそ、愛菜は思い切って行動に出た。

けれど噂の湖西だと思っていた男性は、別人だった。

真面目な男性なら、こういうときどんな風に考えるんだろう。サラッと忘れてくれるのか。それともいつまでも気にする？

……それ以前に私、〝謝る〟って、何をどう謝るつもりなの？

『貴方《あなた》のこと遊び人だと思ってました。別人と勘違いしてごめんなさい』？

「あぁぁぁぁぁ……」

これはどう考えても不味《まず》い。

もし愛菜が同じ勘違いをされたとしたら、ドン引きすら飛び越えて一生顔を見たくなくなるかもしれない。

言えない。真実は隠し通したい。――嫌われたくないのだ。

その他大勢の扱いでもいい。意識されなくても構わない。だけどマイナスイメージは持たれたくない、彼には。

同じ会社に勤めていて、毎日ではないけれど顔を合わせる機会がゼロじゃない男性だから。

真面目な人なら、一回でも肌を合わせた女の顔をそうそう忘れたりしないだろう。

馬鹿なことをした。

できることなら過去に戻って先週の自分を背後から蹴り飛ばしたい。

後悔先に立たずとはよく言ったものだ。

「……あれ、……」

気が付くと、愛菜はいつの間にか目的の駅で降りて、随分遠くまで歩いてきていた。

慌てて来た道を戻る。だが愛菜はこのあたりに詳しくない。だから、どこをどう歩いてきたのかも覚えていない。

今度は別の意味で青ざめる。

「うそ……ここどこ……」

愛菜はかなりの方向音痴だ。歩き慣れた近所ですら、一本道を間違えると途端に進むべき方向が分からなくなる。地図アプリを片手に西の目的地に向かって進んでいたのに、何故か東にいた、なんて冗談みたいな経験も多い。

頭が疲れたときに無性に放浪したくなるのも悪い癖だ。けれど普段は迷うのが怖いから、目立つ建物を目印にしながら、ごく狭い範囲を散歩している。

先週もそうやってぶらついていて、駅から近い雑居ビル群の一角にあるあの店を見つけたのだ。

それはともかく、問題なのは今だ。

……多分、右折も左折もしていない。横断歩道は何度か信号待ちして渡った気がする。つまり、道なりに真っ直ぐ歩けば駅に戻れるはず――

冷たい風と足元に漂う冷気に身を縮こまらせながら、愛菜はスタート地点の駅を目指した。

宮前のことは一旦頭の隅に押しやる。こんな寒い中、不慣れな街を深夜まで彷徨《さまよ》うなんて、シャレにならない。

タイムリミットは終電の時間までだ。

それまでに、どうにか見覚えのある場所まで辿《たど》り着かなきゃ……


――そこから迷いに迷って交番を発見した。

駅までの一番分かりやすいルートを教えてもらって、頭に叩き込む。

書いてもらった手描きの地図と何度も睨《にら》めっこしてようやく駅に戻って来たときには、つい泣きそうになった。

「何やってるんだろ、私……」

歩き回って心身ともにぐったりしていた。こんな状態で、一度しか行ったことのない店を探す気力はさすがに生まれない。今無理をしたら確実に遭難《そうなん》する自信がある。

ホームのベンチで愛菜はがっくり項垂《うなだ》れた。

情けない。やるせない。どうしようもなく切ない。

バッグの中で携帯電話の着信音が鳴った。通話ボタンを押すと電話の向こうで安倍の声が響く。

安堵でふと涙腺《るいせん》が緩んだ。

うっかり湿った声で返事をしてしまう。すると、『そんなに具合が良くないの？』と心配そうな声が返ってきたので、愛菜はますます泣きたくなった。

3

先週ホテルでの別れ際に告げた通り、宮前は彼女と出逢《であ》ったバーに足を運んでいた。しかし彼女は時間が過ぎても姿を現さない。腕時計はもう零時を指そうとしている。

『やはり来ないか』と納得する一方で、『もう少し待てば来るんじゃないか』と期待する気持ちも捨て切れない。それどころか、少しでも来る可能性があるなら待っていようとすら思う。日付が変わる頃までこうして粘《ねば》っているのは、そんな意地にも似た思いからだった。


……独りで飲むのは割と好きだ。

家で飲むのも悪くはないが、片付けが億劫《おっくう》なときはよく外に出る。お気に入りの店もいくつかあった。

そのうちの一軒であるこの店は、半年ほど前に同僚の湖西から教わった。

だが宮前は、独りで飲んでいると女性に声をかけられて面倒な展開になることが多い。遊び相手を求める女性達の目には、宮前は都合の良さそうな男として見えるようなのだ。

彼女達は勝手に擦《す》り寄ってきて、甘えた声で意味深な言葉を囁《ささや》き、遠回しな誘いをかけてこちらの反応を待つ。

そしてこちらにその気がないと知ると、プリプリ怒って離れていく。

男なら自分の誘いに乗るはずだと言わんばかりの自信はどこからくるのかと、一度でいいから尋ねてみたいものだ。余計に面倒なことになりかねないので実際に口にしたことはないが。

そんな宮前にとって、女性が好みそうにないこの店の立地や外観はかなり魅力的だった。

店主には失礼かもしれないが、雑居ビルの中で、きらびやかな外観の他店に埋もれるようにして存在していたこのバーは、言わば〝男の隠れ家〟のような店だ。内装も落ち着いた雰囲気で、とても居心地が良い。他の客も宮前と似た嗜好《しこう》なのか、一人で静かにグラスを傾ける男性客ばかりだ。

しかし、先週は珍しく女性の先客がいた。

カウンター席に座り、手元のグラスに視線を落としてぼんやりしていた女性は、二つ席を空けて腰を落ち着けた宮前の気配にふと顔を上げて――目を大きく見開いた。

心底驚いた様子にこちらも少々面食らったが、何か話しかけられる気配はない。

内心首を傾《かし》げつつも、マスターに注文を告げて静かに酒を楽しんだ。

――その数十分後。

『私と、ホテルで、休憩しませんか』

彼女から投げられた言葉のあまりの直球ぶりに、また驚かされた。

言葉とは裏腹の、お世辞にも場慣れしているとは思えない雰囲気。それで逆に興味を惹かれた。こういう場で声をかけてくる女性特有の傲慢《ごうまん》さや溢れんばかりの自信が感じられなかったのも好印象だった。

好みの容姿だったことも惹かれた一因だろう。

仄暗《ほのぐら》い店内でも分かるくらい艶《つや》やかでサラサラの黒髪。程よく華奢《きゃしゃ》な身体。

そして、宮前が女性の容姿で一番こだわる〝唇〟は、ぽってりとしていて、それでいて厚すぎない、実に彼好みの形をしていた。

緊張からか、彼女はその柔らかそうな唇をキュッと噛んでいた。かすかに震える唇に載った控えめな色の口紅を、己《おのれ》の舌で舐《な》め取りたいなんて欲望が脳裏《のうり》を掠《かす》め——

気が付けば、宮前は彼女の誘いに乗って店を出ていた。

ホテルへ向かう最中、彼女がずっと辺りを窺《うかが》っていたのは、知り合いに見られるのを警戒してか、それとも別の理由があるのか。

シャワールームで汗を流した彼女は、バスローブ一枚で出てきた。そして宮前にも『シャワーの後は服を着ないで』と言う。

頼まれた通りに服を着ないで部屋に戻ると、彼女はベッドにぺたんと座り込んでアダルトチャンネルを観《み》ていた。

その横顔が泣いているように見えて、心がザワリと騒いだ。

男に免疫のなさそうな彼女を、こんな行動に駆り立てているものは何なのだろう。

何かの罰ゲーム？

それとも彼氏に命じられて、とか？

唇《キス》を許してもらえなかった――そのときの短いやり取りから、そんなアブノーマルな考えが浮かんでくる。

情事そのものには不慣れなようなのに、手淫《しゅいん》と口淫《こういん》はかなりの手練《てだ》れぶりで、〝S《エス》っ気のある彼氏に命じられて見ず知らずの男を誘惑させられたM《エム》女〟の妄想が脳内にむくむくと広がっていく。

あっという間に追い上げられて本格的にマズいと察し、内心慌てながら彼女を制止した。こんなに簡単に達《い》かされたとあっては男の沽券《こけん》に関わる。

従順そうな彼女が腹の中で何を考えているかは分からない。だが質問するのは一戦交えた後でもいいだろう。

ベッドの上で攻守交代《こうしゅこうたい》した宮前は、本腰を入れて彼女の肌を攻略し始めた――


あの夜の、あの数時間が、頭から離れない。

彼女のことを考えれば考えるほど、頭の中は『何故』で埋めつくされていく。

何の飾りもない直球の誘い文句。

ホテルに着くまでの、緊張感の漂う足取り。

恐る恐る、けれどどこか物珍しそうに受付パネルを眺める姿。

アダルトチャンネルを観《み》る横顔。

キスは拒《こば》むくせに男性器は積極的に咥《くわ》え込む唇は、宮前が組み敷いて肌を溶かしていくと小さく震えて熱い吐息を零《こぼ》した。

セックスに不慣れなことは、愛撫《あいぶ》を始めてすぐに確信した。

最初の印象通りだ。彼女は夜の街で男を引っ掛けるようなタイプの女じゃない。

やはり本能や衝動ではなく、何か理由があって誘ってきたらしい――そうは思ったものの、燃え上がった欲望は止まらなかった。

最初に口淫《こういん》で散々煽《あお》られたというのもある。だがそれ以上に、彼女は宮前にとって魅力的だった。

唇だけじゃない。何より喜ばしいのは彼女の反応だ。

彼女は全く喘《あえ》がない。

過去にベッドを共にした女性は皆、彼が触れると甘えて啼《な》いた。中にはこちらが引いてしまうほど過剰に喘ぐ女性もいた。

そういう高い声に魅力を感じない宮前は、あまりよがられると逆に冷めてしまう。だから最中に声を漏《も》らさない彼女の反応はとても新鮮で、ひどく惹きつけられた。

黙っているといっても無反応というわけではない。指を滑らせ舌でくすぐれば、肌はきちんと反応を返したし、ピクンと跳ねる部分を執拗《しつよう》に攻めると、吐息は熱を帯びていった。

抵抗しない従順な態度。

打てば響くような素直な肌。

だが決して啼かない。その様《さま》はなんともいえず扇情的《せんじょうてき》だった。

もっともっと感じさせて反応を引き出したいと気持ちが逸《はや》り、彼女の囁《ささや》くような息遣いに意識を集中させて攻め上げるうちに、宮前はすっかり行為に夢中になっていた。

そして極めつけは、彼女の中の狭さと熱さだ。

貫いた瞬間に自身から背筋へと衝撃《しょうげき》が駆け抜けた。

あんな体験は初めてだった。もしかしたら直接的な身体への刺激だけではなく、彼女を征服したという大きな充足感も相まって、あれほどの――頭がクラクラするほどの強い快感を得られたのかもしれない。

挿《い》れてもなお彼女は声を出さなかった。我慢しているというよりは、元々そういう性質《たち》なのだろう。宮前が小刻みに揺らしても、大きく突き上げても、彼女は嬌声《きょうせい》を上げなかった。

ただ、上気した肌と艶《なまめ》かしい表情が、己《おのれ》の快楽をはっきりと伝えてくる。彼女を完全に快楽の支配下に置いたのだと思うと、堪《たま》らなくそそられた。果てるまではあっという間だった。


心と身体の両方が、彼女のことをもっと知りたいと訴える。

腕の中で啼かせてみたい。彼女なら、喘ぐ声を聞いてみたいとも思う。さえずる彼女は、きっと淫《みだ》らで可愛いに違いない。

それに不可解な言動の理由も解明したい。

一度きりで関係を終わらせるなんて選択肢は思い浮かばなかった。

だから濃密なひとときを過ごした後で彼女が逃げるように部屋を出ていこうとしたとき、思わず引き止めてしまったのだが……

『素敵な思い出は、一夜限りだからいいんですよ？』

こちらに向けられた笑顔は、垢抜《あかぬ》けた台詞《せりふ》にそぐわない湿っぽさだった。そんな彼女に、宮前はどうしても強気には出られなかった。

見送った華奢《きゃしゃ》な背中に滲《にじ》んでいたのは、落胆だろうか。

部屋に一人取り残された宮前は、じわじわと敗北感に包まれていった――


一週間前の鮮烈な記憶を辿《たど》りながら、宮前は静かにグラスを傾ける。無意識に重い溜息が零《こぼ》れた。

一夜限りの女性に何故ここまで固執《こしつ》するのか。

宮前は己《おのれ》の執着心《しゅうちゃくしん》に首を捻《ひね》る。

これまで交際した相手に対してこれほど執着したことはない。しかも彼女は、自分にとって恋人でもなんでもないのだ。

二十代も終わりに近づいた今、己の中に新たな一面を見つけたことに、感慨すら覚える。

しかし……今日、結局現れなかった彼女とは、これで縁が切れてしまうのだろう。それが何より残念だ。

そう落胆した宮前だったが――

翌日の金曜。

始業時間前にデスク周りを整えていると、早速湖西がやってきた。

「昨日、会社の男連中と女の子達とで飲み会しただろう？　やっぱりお前も来るべきだったよ」

「そうか」

軽い挨拶の後でそう告げてくる湖西に、宮前は短く返す。

宮前の口数が少ないのはいつものことだ。昔はよく喋る方だったが、親や友人に『お前は喋ると残念な男になる』『寡黙《かもく》な方が絶対いい』と言われ続けたので、大学入学を機に、言いたいことは一拍置いてから口にするようになった。

……そうしたら今度は、『いつも無表情で怖い』『何を考えているか分からない』などと言われるようになってしまった。自分に対する評価が昔に比べて良くなったのか悪くなったのかは判断に迷うところだ。まあ、今更口数を増やすつもりもないが。

同期入社の湖西は、そんな宮前の感情を正確に読み取れる数少ない友人である。彼の方も何故か宮前を気に入っているようで、何かにつけて行動を共にしている。

宮前は友人がやけに楽しげにしているのに気付いて問いかける。

「その飲み会で何かあったのか」

「すごいレアな子がいた。俺と普通に会話できて、しかも俺に興味ゼロ」

あんな子が社内にいたなんてね、と続ける湖西につられて、宮前もわずかに声のトーンを上げる。

「珍しいな」

湖西は、無意識のうちに女性を惹きつけてしまうという困った体質の持ち主だ。対象は彼自身の意志とは無関係かつ無差別。社内外問わず様々な女性から引っ切り無しに言い寄られている。

湖西も断るのが面倒なのか、そんな女性達とも適当に会話をしたり、昼食を共にしたりしている。

『侍《はべ》らせるだけで手は出さない』と本人は言っているが、そのあたりは話半分に聞いていた。

湖西の迷惑フェロモンが女性達に及ぼす威力を間近で見て知っている身としては、それに釣られない子がいたのならば見ておきたかった気もする。あくまでも、遠巻きに眺める、という形でだが。

「で？」

自分に興味を示さない女性に逆に惹かれたのか——そんな風に考えて湖西に先を促《うなが》す。

すると湖西はにんまりと笑って首を振った。

「興味ないって言ったら嘘になるけど、それでどうこうする気はないよ。その子の関心はお前に向いてるようだったしな」

「俺？」

「お前とあの子が仲良くなって、俺とも友達になってくれたらベスト。女友達を作るの、夢だったんだよなぁ。大抵の女の子は、俺と友達以上になりたがるし」

ぬけぬけとそんなことを言う友人に、宮前は呆れてしまった。

何勝手な妄想をしているんだ、こいつは。後半は事実だから仕方ないが。

「ああでも……お前に気があって探りを入れてきたっていうよりは、トラブルに遭《あ》って途方に暮れてますって雰囲気だったな」

ふと湖西が思案げに腕を組む。

そう言われても、宮前には心当たりがない。

自分が気にされるような、もしくは困らせるような真似をした相手はこれといって思い浮かばなかった。

もしかして、こちらが意図しないうちに迷惑を掛けている人物だろうか。

「どんな子だ？」

「黒髪で、色白な顔にポテッとのった唇が可愛い子」

「名前は」

「えーとね……中戸さん。安倍さんの後輩で、一つ下なら入社三年目か」

「中戸……」

その名を口の中で転がしてみても、全くピンと来なかった。

入社三年目なら、大卒者と考えれば二十四、五歳。そのくらいの年齢で交流のある女性社員は他課にはいない。

反応の薄い宮前に、湖西は笑いながら小さく肩を竦《すく》める。

「次に犬課長のところに行くとき探してみろよ。大人しめで真面目そうだったから、お前と気が合うんじゃないか？」

そこまで告げて満足したらしい湖西は踵《きびす》を返して自分のデスクに向かう。

そんな友人の背を、宮前は黙って見送った。

その数時間後。

例のごとく自課の猿課長に呼ばれ、渡された書類を手に犬課長のもとへと向かった。

『結果が出りゃいいんだよ』とセオリーをすっ飛ばして変化球的な仕事をする猿課長と、真面目を通り越して融通の利かない犬課長。会えば文句ばかり言い合う二人だが、一つの仕事を一緒に手掛けると、必ず良い結果を残すのだから妙なものだ。そこを部長に見込まれ、現在も同じ企画を手掛けているのだが、本人達はかなり不本意らしい。

目的のフロアに入り、書類を犬課長に差し出す。

「ご苦労さん。そこに置いてくれ。ったく、あいつもこんな下らないことにいちいち宮前の手を煩《わずら》わせるなっていうんだよ。お前もたまにはガツンと言ってやれ」

キーボードの上で指先をめまぐるしく走らせる犬課長は険しい顔をしている。

閃《ひらめ》きとアイディア重視で力押しする猿課長をフォローするのは、常に正当な手順を踏まないと気が済まない犬課長にとってはかなりの苦行なのだろう。それでも完璧にフォローし切っているところはさすがだ。

うちの猿課長も、彼の捌《さば》けるギリギリの量を見極めて仕事を投げている節《ふし》があるから相当なものだと思う。

「ところで宮前、再来週の会議の件は聞いているか」

「……いえ」

「何も？」

「はい」

「……あの馬鹿者が……！」

そう言うやいなや、犬課長は受話器をガッと掴《つか》み、眉間に皺《しわ》を寄せて内線番号を押す。

相手はもちろんうちの猿課長だろう。

「俺だ。今週中に例の資料をどうにかしろと言っただろうが。違う、再来週の方だ、お前の担当だが俺も一枚噛むから先に目を通したいと、……あ？　……それじゃ遅い！」

声が徐々にドスの利いた低音になっていく。この二人の口論はいつものことなので、これが間もなく静かな罵《ののし》り合いに変わり、やがて怒鳴り合いに発展するのは、簡単に予想がついた。

視線で『行っていい』と促《うなが》され、宮前は一礼して踵《きびす》を返す。

このあと自分のデスクに戻れば、猿課長が彼の叱責に反撃している光景が見られることだろう。その様子が容易に目に浮かんで内心げんなりした。

小さく息を吐き、顔を上げる。そのとき――

「……」

「……」

こちらをひっそりと窺《うかが》い見る奥の席の女性社員と目が合った。

彼女の容姿に既視感《きしかん》を覚え、……それが誰なのか気が付いた瞬間、心臓が止まるかと思うくらい驚いた。

目が合ったのはほんの数瞬。こちらが気付いた直後、バッと視線を逸《そ》らされた。

その態度で、人違いでも他人の空似でもないと確信する。

――こんなに身近にいたのか。

どうして今まで気が付かなかったのだろう。これまでもフロア内に入って犬課長のデスクへ向かうまで、彼女の姿は何度も視界に入っていたはずだ。

しかし、その疑問は瞬時に解決した。

彼女の外見で一番魅力的な部分が、ディスプレイや手前に座る女性社員の頭によって隠されている。

吸いつきたくなるぐらいに美味しそうな唇をもっと早く見つけていたら、もっと早くに――いや、先週会ったときに同じ会社の社員だと気付いていただろう。

……俺は彼女が社内の人間であると知らなかった。

では向こうは？

彼女は俺のことを知っていた？

自分は〝湖西の連れ〟としてではあるが、社内ではかなり目立つ方だ。顔くらいは知られていても不思議ではない。

だがそうなると……一番の有名人である湖西を選ばず、あえて自分を狙ったのには何か理由があるのだろうか。

一夜の相手に求めるものとして考えられるのは、まず見た目だ。自分と湖西が並んで立っていれば、十人中十人が湖西に声をかけるだろう。それくらいあの男の容姿はズバ抜けている。自分の隣にはいつも湖西の存在があるのに、あえて自分に声をかけたのは——

ここにきて彼女への疑問がまた一つ増えてしまった。

しかし別に困らない。疑問を解消できる機会は、これから何度も訪れるだろう。同じ会社にいるのだから。

彼女に向かって一歩踏み出す。しかし、内心では自分でも呆れるくらい緊張していた。

そのままゆったりと足を運ぶ。俯《うつむ》いていた彼女が顔を上げる。

自身に歩み寄る宮前に気付いたのだろう、華奢《きゃしゃ》な肩がギクリと跳ねた。

ふと彼女が首に掛けている社員証に目が留まる。

——〝中戸〟。

ああ、この子だったのか。……昨日は湖西達と飲んだということか。自分の待つ店には来ずに。

上り調子だった気分がカクンと急降下した。

彼女の傍で立ち止まる。

「……お疲れ様、中戸さん」

さて何と言って切り出そう。彼女はどんな反応を返すだろう。とりあえず無難に挨拶はしてみたが。

名前を呼ばれて覚悟を決めたのか、彼女がクッと顔を上げた。悲壮感の滲《にじ》む表情に一瞬たじろぐ。

何なんだ。苛《いじ》める気はないぞ、って……

「すみっ、……申し訳ありませんでした！」

椅子を蹴り倒す勢いで立ち上がった彼女が、直立不動の姿勢からガバッと腰を折った。

唐突な最敬礼。

繰り出されたその一撃はよく通るクリアな声も相まって、宮前のみならず、周囲の人間や犬課長までもを一瞬で固めてしまった。

4

苛々した課長の声が耳に入ってきて、愛菜は書類から顔を上げた。そこに宮前の姿を見つけ、意識は彼の挙動へと向く。

踵《きびす》を返した長身を視線で追いかけていると、不意に——目が合った。

突然のことに息を呑む。

普段からほとんどリアクションを見せない彫刻みたいな宮前の顔が、その瞬間ほんの少しだけ動いたように見えた。

数メートルの距離があったからはっきりとは読み取れなかったけれど、もし至近距離にいたら彼の貴重な表情の変化を認められたかもしれない。

一瞬止まった彼の足がまた何事もなかったかのように入り口に向かうのを見て、慌てて頭を引っ込めて俯《うつむ》いた。

心臓が早鐘を打つ。

入力作業の続きをしたいのに、手が動かない。

宮前はいつも脇目もふらず課長のもとまで来て、用が済むとさっさとその場を後にする。知り合いらしい男性社員から話しかけられても、話題がただの雑談だと判断したら早々に切り上げるのだ。

……彼はもう立ち去った？

ほんの十数秒がやけに長く感じられる。

密《ひそ》やかな呼吸を繰り返した後、こわごわと顔を上げた。

視線を彷徨《さまよ》わせる。

そこで、愛菜のデスク脇の通路にゆったりと歩いてくるスーツ姿を瞳に捉《とら》える。愛菜の上半身がビクッと跳ねた。

やがて宮前が愛菜の傍で立ち止まる。

「……お疲れ様、中戸さん」

掛けられた言葉は普通の挨拶だ。

なのにそれ以上の意味を大量に含んでいる気がする。

バレた。完全にバレた。――いつの間に名前を知られていたんだろう。

もう言い逃れはできない。

愛菜は思い切って立ち上がり、全力で頭を下げた。

「すみっ、……申し訳ありませんでした！」

本当は昨日のうちに謝るつもりだった。だからこうして詫《わ》びること自体は構わない。

ただこの場で「詳しい話を」となると困る。大変困る。

……それと……頭を下げる直前に一瞬見た宮前の雰囲気が妙だった。表情の動きは特になかったけれど、どことなく機嫌が良さそうというか、楽しそうな……？

え、どうして？　怒ってるんじゃないの？

一晩振り回されて、しかももし昨日あの店に行っていたなら待ちぼうけを食らっているはずなのに。

「……顔を上げてください」

静かな声が下りてきた。

どんな糾弾《きゅうだん》をされるのかと、罪人のような気持ちでびくびくしながら上体を起こしていく。シンプルな柄のネクタイが上品だな、なんてことを考えてしまうのは、頭が現実逃避を始めたからかもしれない。

「聞きたいことがあります。良かったら昼飯一緒に行きませんか」

ザワリと揺れた周囲の空気に、愛菜自身も動揺してしまう。

目を合わせられない。

目の前のネクタイの結び目に視線を集中させる。

どうしよう、謝る決意が固まっているうちに場を設けたいのは山々なんだけど。

「あの、……すみません、できればお昼より夜の方が……今晩のご都合はいかがでしょう」

「構いません。こちらも夜の方が助かります。……色々と」

その言葉に引っ掛かりを覚えたのは、ほんの一瞬。

背後で小さなどよめきが起こったことで、それはあっという間に焦りに塗りつぶされた。

そうだよね。傍《はた》から聞いていれば、謝罪を受ける側がご飯に誘ってまで話を聞こうとしてくれているのに、謝る側の人間が断っちゃってるんだもん。「どれだけ尊大なんだよ」って周りがざわめくのは当たり前だ。私だって、失礼の上塗りをしてるなんて百も承知だ。

でも日中にあの夜の話は無理だよ。話すのは憚《はばか》られる動機だったし、何よりいたたまれない。

こういうところで自己中な性格が出てしまうんだな……

続けて待ち合わせの詳細を決めているときには、愛菜の頭の中は既に昨晩の飲み会で感じた緊張感で一杯になっていた。


その後の昼休み、案の定、安倍に社外のレストランへと拉致《らち》られた。

「それで？　何があったの、宮前さんと」

注文を終えて店員がテーブルを離れた直後、安倍が前のめりになって小声で尋ねてくる。その目は爛々《らんらん》と輝いていた。

目線を泳がせ、周囲の様子を確認する。レストラン内は昼食を取る人々で賑《にぎ》わっているけれど、幸い愛菜達に注目している客はいないみたいだ。

さて、……何からどう説明しよう。

とりあえず運ばれてきた飲み物に口をつける。

興味半分心配半分といった雰囲気の安倍に、全てを隠し切る自信はなかった。さすがに心配してくれる友人の気持ちを無下にはできない。

まずは無難に、宮前が去った直後、課長に呼ばれた話から始めてみようか。

「……さっき課長にも同じこと聞かれたよ。『宮前と何かあったのか』って」

「こっちは課長となかちゃんが二人で出ていった後、ずっとザワザワしてた。だってなかちゃんと、あの宮前さんだからね」

「どういう意味よ」

「そのままでしょ。なかちゃんが業務時間に滅多にお喋りしない子なのは、皆知ってるし。宮前さんもモチベーションが下がるからって仕事中は雑談しない主義の人だし。仕事の鬼……とまでは言わないけどさ、そんな二人がいきなりあんな風に話し始めたら、誰でもびっくりするって」

課長と同じようなことを言っている。

休憩時間前、パーティションで仕切られた小さな空間に愛菜を呼んだ課長は、席に着くと同時に眉根を寄せて何かあったのかと聞いてきた。

そこで愛菜は声を潜《ひそ》めつつ、「プライベートな話です」と答えたのだが――

『宮前は愛想こそ欠片《かけら》もないが、その分きちんとした真面目な男だ。課こそ違っても俺との付き合いもそこそこ長い。プライベートの問題だと言うなら深くは聞かんが、仕事上のトラブルなら遠慮なく言ってくれ。中戸は集中力が切れると、仕事量が新人レベルに落ちるだろう。宮前もそういう部分があってな。……お前達が私事にかまけて業務の手を抜くと思ってるわけじゃないぞ。これはまぁ……部下に対する老婆心《ろうばしん》というか、お節介だ』

先ほどの上司とのやり取りを思い出しながら愛菜はグラスの氷を弄《もてあそ》ぶ。

「……課長にも伝えたけど、仕事上のトラブルとかじゃないよ。プライベートな話なの」

「なかちゃんって、会社の外で宮前さんと個人的なお付き合いがあったんだね」

安倍がさらに食いついてきた。

課長と違い、彼女は『プライベート』だけで引き下がるつもりは全くないらしい。むしろそう聞いた途端に目の鋭さが増した気がする。

「ほんとに何があったの？　最敬礼で謝罪なんて相当でしょ」

「ははは……」

「しかも、あの宮前さんが女性社員に声かけたのよ？　その上なかちゃんからの夜ご飯のお誘いに、イエスの返事だし。今頃社内に嵐が吹き荒れてるんじゃない？」

「はは……、……え？」

「えっ？」

「……そんな大袈裟《おおげさ》な……ていうか、何か変だった……？」

愛菜の問いに、運ばれてきたサラダをつつこうとしていた安倍の手が止まった。アイシャドウで綺麗《きれい》に彩《いろど》られた目が大きく見開かれている。

――彼女の説明を聞いて驚いた。

宮前は、業務以外では女性社員と一切接点を持たない――つまり〝社内恋愛しない〟主義らしい。社内では有名な話なのだそうだ。

女性の態度に色恋めいたものが見え始めると、途端に距離を置く。ましてや彼の方から社内の女性に声をかけるなんてことはほぼない。

社食で一緒にいる綺麗なお姉様方は湖西目当てで、その湖西が宮前を巻き込むから、結果的に彼も女性陣とテーブルを囲む羽目になっているようだ。

「わずかなチャンスに賭《か》けて、宮前さん狙いの女性が紛れ込んでいる可能性もあるけどね」と付け加えた安倍が、レタスを口に運ぶ。

「あ、もちろん、仕事でのやり取りは別よ？　普通に接している分には、男女関係なくちゃんと接してくれるって聞くし」

「へぇ……」

愛菜は宮前の主義自体、全く知らなかった。

そもそも彼の顔と名前が本当に一致したのすら昨日のことだ。

思わずぽつりと呟《つぶや》く。

「それじゃ、どうして今晩ＯＫもらえたんだろう……」

「ちょっと、それ知りたいの私の方なんだけどな」

安倍は呆れ顔を浮かべた。

「まあ、でもこれで、最近なかちゃんが社食を避けてた理由は分かったわけデスガ？」

「うっ……」

「否定しないのね。ならもしかして、昨日湖西さんに宮前さんのこと聞いてたのも関係ある？」

「……うん、まぁ」

そこから安倍は完全に聞く態勢に入った。続く愛菜の言葉をじっと待っている。

愛菜としては、今回のことを一から話す気はもちろんない。だから発端となった先週の夜のことはぼかしながら、ぽつぽつと言葉を重ねていく。

――社外で偶然会った彼に、かなり失礼なことをしてしまった。謝りたいと思っている。なじられたり怒鳴られたりしても、愛菜に非があるのだから全て受け止めるつもりだ。けれど宮前が愛菜に対して、今どんな感情を抱いているのかがいまいち分からない。もし向こうが終わったこと、なかったことにしようとしているなら、話を蒸し返すことそのものが不快だろう。だから……

「私の自己満足のために謝るのもどうなんだ、って考え始めたらグルグルしちゃって……どうしたらいいのか」

それで彼をずっと避けていたのに、先ほど思いがけず目が合ったので、咄嗟《とっさ》に謝罪してしまった。

……そこまで話し終えて、愛菜は冷めたパスタを口に運ぶ。

愛菜の話をじっと聞いていた安倍は、食後のコーヒーに砂糖を混ぜながら小首を傾《かし》げた。

「特に怒ってるような雰囲気はなかったよね、夜に会う約束するくらいだもの。わざわざ話しかけてきたってことは、宮前さんにとっては終わった話でもないと思うよ」

「うん……」

「で、結局のところ何をやっちゃったんですか、中戸さーん」

ホテルに誘ったことまで吐いたら、この友人はなんて思うだろう。

それは絶対言えない。

いくら仲が良くても……いや仲が良いからこそ、か。

もし言ってしまったら、愛菜の性格をよく知る安倍のことだ。何故そんな突拍子もない行動に出たのかと尋ねてくるだろう。

そうしたら、隠していた劣等感までずるずる曝《さら》け出してしまいそうで怖い。

「……勘弁《かんべん》してください」

なんとか一言だけ絞り出して曖昧《あいまい》に笑う。

それから愛菜は休憩時間が残り少なくなったことに気付き、パスタと格闘し始める。

そんな愛菜を、安倍はなんとも言えない表情で見つめていた。


——その日の午後。

周囲からの視線をバシバシ浴びていた愛菜は、冷や汗をかきながら業務をこなしていた。入社以来、ここまで注目されたことは一度もなかったと断言できる。

普段に比べて集中力が落ちているのが、自分でも分かる。

来週に持ち越せる分はともかく、今日中に済ませてしまいたい案件すら終わらないかもしれない。

宮前には重ね重ね申し訳ないけれど、定時には上がれないかも……

感情を制御できない自分がつくづく情けない。

刻々と過ぎていく時間に焦りながら、愛菜は必死に手を動かす。

そんな彼女に、安倍をはじめとした数人がさり気なく手を差し伸べてくれた。まるで新人の頃に戻ったみたいだ。

でも、彼女達だって自分の仕事があるのだから、あまり甘えるわけにはいかない。温かいフォローを受ける度に気合いを入れ直して、何とか手を動かし続ける。

おかげで定時までにそれなりの成果を上げることができた。

デスクを片付け始めた愛菜に、あちこちから声がかかる。

「頑張って」とか「早く行きな」とか……投げられるのはエールばかりだ。

それにしても、そのエールに総じて同情的なニュアンスを感じるのはどういうことなのだろう。

愛菜の目には宮前が何となく機嫌が良さそうに見えていたのだが、他人の目には不機嫌なように映ったらしい。

……そう解釈されたのは愛菜があんな対応をしたからというのもあるんだろうけど、誰からも色っぽい展開を期待されていないというのもそれはそれで微妙だ。

先ほどの私達のやり取りは、皆の目にどう映ったんだろう……

それにしても、宮前との接触がここまで大事《おおごと》になるとは思わなかった。

5

待ち合わせ場所に着くと、宮前は既に来ていた。会社から駅に向かう途中にある書店の一角で二人は合流する。行き先の店は、彼が既に目星をつけておいてくれたらしい。

当り障りのない会話を重ねながら、彼と二人、肩を並べて歩く。

……意識しているのは愛菜だけだろうか。宮前は普段と変わらず無表情だ。態度も自然に見える。

途中、知っている道を少し逸《そ》れた。彼との会話に意識を向けつつ、道順を覚えるため、できるだけさり気なく周囲に目を配る。

連れて来られたのは、会社から若干離れた場所にある居酒屋だった。

入口で靴を脱ぎ、店員に案内されるまま狭い廊下を進む。

小さな個室に通された。薄い壁の向こうから、時折若い声が届く。隣の個室にいる客は早くも盛り上がっているらしい。

最初のオーダーを済ませた。頼んだ料理を切っ掛けにして食べ物の好き嫌いの話が始まり、普段の食事についてや自炊するかなど、会話はゆったりと続いていく。

愛菜は料理ができない。温めるだけ、混ぜるだけ、食材を一つ加えるだけの惣菜《そうざい》やレトルト食品を買って、あとは白米を炊いて終わりだ。

宮前は料理自体は好きだが、後片付けが面倒だから、本格的にキッチンに立つのは週末くらいだという。

気が付けば、愛菜は随分とリラックスしていた。

普段の愛菜は聞き役に回ることが多い。でも今は積極的に自分のことを話している。

元彼と別れて以来、劣等感から男性を敬遠していた節さえあったのに——しかも宮前とは、あれこれ飛び越えて人には言えない関係を持ってしまったとはいえ、まともに会話するのは初めてだ。

なのに、二人で言葉を重ねる度に充足感に満たされていく気がする。

……不思議な人。

改めて、そう思う。

表情が一切動かなくても、雰囲気と声のトーンで何となく彼のリアクションが読めるというか。

ふと会話が途切れても、その沈黙が苦にならない。

愛菜自身、饒舌《じょうぜつ》とは言いがたいタイプだから、宮前が質問に答えるときに一拍置いているのも少し嬉しい。

こちらの話をしっかり聞いて、噛み締めた後に返事をしてくれているみたいで。……もしかしたら彼のこのリズムが上司に受けているのかも。

それはともかく、せっかくこうして時間を作ってもらったんだから、いい加減本題に入らないと——時折そんな焦りも頭の隅に浮かぶが、すぐに消えてしまう。

どう謝罪しようかとずっと悩んでいたはずなのに、今はこのゆったりと流れる時間を楽しみたい
――そんな気持ちに支配されている。

デートと錯覚しそうだ。彼の凪《な》いだ視線も、落ち着いた声のトーンも、何もかもが心地好い。

……でも時間は無限じゃない。

何杯目かに頼んだ飲み物が空《から》になってお腹も程よく満たされた頃、宮前がふっと息を吐いた。

彼のまとう柔らかな空気に変化はない。

けれど確かに、彼の中で何かのスイッチが入ったのを愛菜は感じ取った。

「……印象が、ずいぶん違うね」


――来た。


「あの後、お節介な奴らが中戸さんの社内での評判をいろいろと教えてくれた。あまり噂話は好きじゃないんだが……でも、おかげで君への疑問がさらに増えたよ」

愛菜はこの場の雰囲気に酔いかけていた己《おのれ》に活《かつ》を入れ、シャキンと姿勢を正す。

そのまま頭を下げようとすると、宮前に手で制された。

「謝罪はいい、それより質問したい」

「はい」

「彼氏いる？」

……彼氏？

何を言われるかと身構えたのに、投げられた言葉はあまりに予想外。

神妙な表情のまま口だけをポカンと開いてしまう。が、すぐに間抜けな顔を晒《さら》してしまったと気付いて慌てて表情を取り繕《つくろ》った。

「……いないです」

「なら先週のあれは君の意思か」

やっぱり意味が分からない。

愛菜の意思じゃなかったら誰の意思だというのか。

「俺を誘ったのは何故？」

とうとうド直球な質問がぶつけられた。

きっと尋ねられると心づもりしていたのに、いざ問われると精神的余裕をごっそり持っていかれる気がする。

でも黙ったままではいけない。

そもそも彼は、この話をするために愛菜に声をかけたのであって、今までの和やかなやり取りの方が予定外だったんだ。

愛菜はできるだけ平静な声で答える。

「……そういうこと、してみたくて」

「君は気軽に男を引っ掛けるようなタイプにはとても見えないが」

宮前の声色に変化はない。これまでと変わらない落ち着いたトーンだ。怒りの色は窺《うかが》えない。

「いえナンパじゃなくて、その……」

彼の言葉を否定してみる。……と、すぐに内心小首を傾《かし》げる。したかったのはナンパじゃなくてセックスだ。でもこれって同じ意味……？

愛菜は自問自答しながら、返す言葉を考える。

「ここ何年か悩んでいたことがあって、でも自分一人じゃ結論が出なくて。……夜のこと、なんですけど。それで、あのお店で偶然会ったとき、宮前さんなら女性経験多そうだし、何か答えを出してくれるかなって、ええと、お酒の勢いもありましてですね……」

ここで元彼の話はしたくない。

宮前を湖西だと勘違いしていたことも、心の中に封印しておきたい。

だからこの二点に触れないよう説明してみたが、要点を抜いた弁明はどうしても曖昧な表現ばかりになってしまう。

しどろもどろに繋いだ言葉が途切れたところで、宮前が静かに口を開いた。

「経験多そうって……その根拠は？」

「社食で綺麗《きれい》な人とご一緒されてるの、何度も見ましたから」

「俺が同じ会社の人間だって知ってたのか」

「はい……」

「……それでどうして俺なんだ、湖西じゃなくて」

その名前が出てきてギクリとする。

だが、宮前の眼差しは変わらず穏やかだ。それでいて愛菜の心の中を見透かそうとするかのように、真っ直ぐこちらを見つめてくる。

愛菜の唇は、彼の視線に応《こた》えるように動いていた。

「……もしあのお店にいたのが湖西さんだったら声をかけなかったと思います。えと、惹かれないっていいますか、興味がない？　のかな」

名前を勘違いしていたことは確かだが、そもそも湖西本人があそこにいたらこんな事態にはならなかっただろう。

「……」

「友達はイケメンって言ってましたけど、私は全然っていうか、断然みや……、……っ」

……宮前さんの方が好みだ、と続けようとした口を慌てて閉じた。

本人を目の前にして何てこと言おうとしてるんだろう。

真っ赤になって「すみません」を繰り返す。

これは恥ずかしい。直前まで夜の悩みを語っていたこともあって、羞恥心《しゅうちしん》はうなぎのぼりだ。というか、異性にセックスの悩みをカミングアウトってどうなの、なんて今更ながらに気が付いて顔がますます火照《ほて》る。

俯《うつむ》いて小さくなった愛菜の視界に、ふと大きな手が差し込まれた。

「待って。そこも疑問なんだ。中戸さんは低姿勢すぎる」

チラリと視線を上げる。

愛菜の謝罪を止めた手は、躊躇《ためら》うように宙を彷徨《さまよ》った末に、彼の口元を覆《おお》い隠した。

その表情はやはり変わらない。けれど、ずっと真っ直ぐこちらを向いていた視線が、今は斜めに逸《そ》らされている。

「……謝るのは俺の方だろう？　誘いに乗ったくせに満足させてやれなくて、金まで払わせて」

「違います、逆です！」

緊張で震える指先をギュッと握り込んだ。

「さ、誘ったくせに、男の人をがっかりさせるような態度しか取れなくて、勝手に気まずくなって逃げちゃったのは私です……その、私だけいい思いして」

宮前が気にすることなんて何もない。そもそも愛菜が声をかけなければ何も起こらなかった。彼はあの店で静かにお酒を楽しんでいたはずだ。

それに宮前は本来、一夜限りの遊びを好むような男性ではなかった。

それは課長のもとに来るときの真摯《しんし》な姿を見ていたら察せられたはずだ。

なのに愛菜は〝経験豊富〟との噂を鵜《う》呑《の》みにして、彼の内面を決めつけていた。誰が流したか分からない情報を丸ごと信じてしまった。

少し冷静になって考えてみれば、失礼にも程がある。

しかもその噂は他人のもので——

思い返すほど落ち込んでくる。目も当てられないほどの愚《おろ》かしさだ。

「宮前さん、真面目な人だって聞きました。なのに変なことに付き合わせてしまって……悩んで煮詰まっていた私が、自分のエゴで貴方《あなた》を利用したんです。だから、本当に……申し訳なくて」

「俺からも謝りたかった。謝罪を受け取ってくれないかな。それでお互い様ということで。……どう？」

「でもっ……、……はい。宮前さんがそう仰るなら」

ふ、と息を吐く気配がして、恐る恐る視線を上げる。

宮前は手で顎《あご》を覆い、瞳を思案げに揺らしていた。

「……その悩み、俺と過ごして結論は出た？」

「っ、はい。もうお手を煩《わずら》わせることもないと思います。……本当は昨日の夜にこういうお話をしたかったんです。場を設けてくださってありがとうございました」

「昨日か。俺はあの店にいたが、君は湖西達の飲み会に行ったんだろう？」

「乾杯まではい。でもすぐお暇《いとま》して、先週のお店を探したんですけど、……あの、私かなりひどい方向音痴で、お店に辿《たど》り着けなくて」

愛菜がそう説明した直後――個室を満たす空気がわずかに震えた、気がした。

奇妙な気配を感じたのはほんの一瞬。

それが何なのか理解する前に、何事もなかったかのように元の雰囲気に戻った。

「……出ようか」

宮前が立ち上がり、ハンガーに掛かった上着に手を伸ばす。

愛菜も彼に続いて慌てて立ち上がった。

「来る途中も思ったけど、道を覚えようとしてるのか、それ」

駅への道中、キョロキョロと首を巡《めぐ》らせる愛菜を見下ろしながら宮前が問う。

頬と耳を赤くして愛菜は頷《うなず》いた。改めて尋ねられるとこれもまた恥ずかしい。今日は彼に恥を晒《さら》しまくっている。

「何度通った道でもすぐ迷うんです。散歩とか、出かけること自体は好きなんですけどね」

「……そうか……色々納得できた」

やがて駅に吸い込まれる人の波に乗って改札を抜けた。混雑する時間帯なのに、今日は普段よりスムーズに進んでいる気がする。

それが宮前のおかげだと気付いたのは、ホームに立ってからだった。人の流れの中で、彼はさり気なく歩きやすいルートを選んで愛菜を誘導してくれていたらしい。

二人の利用する沿線は同じ。愛菜の家の最寄駅の方が近く、宮前はその二駅先で降りるそうだ。

電車がホームに滑り込む。車内は結構混んでおり、二人はドア付近に立った。

ドアが閉まり、電車が動き出す。

「出かけるのが好きなら、って言うのも変だけど。……これから俺の家に来ないか」

向かい合って立っていた宮前が、わずかに背を屈《かが》めて囁《ささや》いてくる。

愛菜は驚いて彼を見上げ、彼の瞳のあまりの近さにまた驚いた。言葉が出ない。

何、この距離。それに何、この空気。

宮前のかもし出す雰囲気がどことなく甘いのは気のせいか。

声のトーンも、まるで恋人に囁くみたいに耳に柔らかい。

顔に血が集まるのが分かる。凍えるほどに寒いホームから暖かい電車内に入ったこともあって、あっという間に頬が熱を帯びていく。

咄嗟《とっさ》に笑って流そうとした愛菜に、追撃が来た。

「先週末のあの夜から気持ちは変わらない。一度きりで終わらせるつもりはない。今日話して、ますますそう思った」

それ以上彼の顔を直視できなくて俯《うつむ》く。顔はきっと真っ赤だ。

「本気で誘ってるつもり」

みっ、耳元は駄目！

息がかかる至近距離なんて反則だ。しかもそんなに甘い声で。

反射的に身を引いた。

けれど元からドアを背に立っていたのだ。正面を塞《ふさ》がれては逃げようがない。

「おいでよ」

心臓が怖いくらいに高鳴っている。低音を吹きこまれた耳から全身が溶かされそうだ。

直接触れ合っているわけではない。だからバクバク跳ねる心臓の音なんて、彼の耳には届いてないはず。

なのに宮前は、まるでこちらの揺れる感情を見透かしているかのように、声と気配だけでどんどん愛菜を追い詰めていく。

「俺のこと嫌いなわけじゃないんだろう?」

「でも……」

「必要な物があればコンビニで買えばいい」

――何、この状況。頭が追いつかない。

宮前のことは好ましいと思っている。それもかなり。

遠くから眺めていた頃から、密《ひそ》かに目の保養にしていたくらいだ。

先ほどまでのお喋りもとても楽しかったし、会話のテンポも雰囲気も心地好かった。謝罪を受け入れてくれる大らかさも、逆に謝り返してくる真面目さもすごく素敵だと思う。

そして先週体験した通り、ベッドの上でも――

そこまで思い出し、肌がゾクリと粟立《あわだ》った。

あの夜宮前に触れられた素肌は、一週間経っても未だに優しい指の感触を覚えている。……でも。

彼を誘ったあの夜、私は何て思った?

この人とは一度きり。素敵な思い出は一夜限り。

――そう告げたのは愛菜自身だ。

がっちり被《かぶ》ったつもりだった〝気安い女〟の仮面は彼の手によってあっさり剥《は》がされてしまったけれど、根本的なことは何も変わらない。

愛菜の身体はどうしようもなく色事に不向きなのだ。

一度目は仕方ないと思われたとしても、回数を重ねたらきっと落胆される。いずれ、いや近い将来、〝つまらない女〟だと判断されて見限られるだろう。

「……やっぱり帰ります」

黙りこくった挙句、愛菜が絞り出した返事はノーだった。

これ以上身体を重ねても、明るい未来なんてイメージできない。

それは宮前だからじゃなく、相手が誰であってもきっと同じ。愛菜自身が原因なのだから、どうしようもない。

電車が速度を落としていく。

次は愛菜の降りる駅だ。

ドアが開いて冷気が入り込んでくる。

愛菜はペコリと頭を下げ、改めて今晩ご馳走《ちそう》になったお礼を告げた。宮前からの言葉はない。

俯《うつむ》いたままホームに出て、足早に改札を目指す。

が、数歩進んだところでクイ、と腕を引かれた。

「家まで送るくらいはさせて」

手首を掴《つか》む大きな手と、表情のない端整な顔を、交互に見やる。

そして最後に彼を見上げたとき、無性に泣きたくなった。

女性の夜の一人歩きを心配してくれたんだろうか。だとしたら、なんて優しくて誠実な人……

嬉しい反面、彼の望みに添えない自分が情けなくて、笑みを浮かべようにも上手くいかない。

熱の引かない火照《ほて》った頬。目は泣き出しそうで、口元は歪《ゆが》んでいる。

今の愛菜は絶対変な顔だ。……見せられない。はっきりと好意を自覚した相手に、こんな顔見られたくない。

溢れ出そうな感情を無理やり呑み込む。

泣くな。これ以上無様《ぶざま》な姿を晒《さら》したくない。

「……ありがとうございます」

絞り出すようにそう言って俯《うつむ》く。

――発車のメロディが響き渡った。ホームに立ったままの二人の横を、電車が通り過ぎていった。


愛菜は駅から徒歩数分の賃貸マンションで一人暮らしをしている。駅からも大型スーパーからも近い場所に部屋を決めたのは、もちろん方向音痴だからだ。日用品や食材を買いに行くたびに迷子になったりしないよう、不動産屋で物件を紹介してもらうとき最初に提示した条件がこれだった。

けれど立地が良ければ、当然家賃は高くなる。利便性と引き換えに、築年数の古さと部屋の狭さを許容し、ロフト付きの六畳一間に、申し訳程度のキッチンとバス・トイレが付いた物件を選んだ。

ロータリーを抜けた大通りを渡って、最初の路地を左、あとはずっと真っ直ぐ。

大抵の人なら一回で分かる道順だろう。

「……本当にいいんですか？」

愛菜は躊躇《ためら》いつつ、迷いなく改札を出た宮前に尋ねた。

途中下車させて送ってもらうことに今更ながら申し訳なさを感じてしまう。しかし、彼の口から出た次の言葉にさらに戸惑う。

「連絡先、交換しよう」

「え、……あ、はい」

バッグからスマホを出すと、宮前が自分のそれを近付ける。自然と二人で顔を寄せ合う体勢になった。

……嫌じゃない。嫌じゃないの。

だけど照れずにはいられない。夜に屋外にいるっていうのに、顔には熱が溜まるばかりだ。

「中戸、……あいなさん？　まなさん？」

「そのままの読みであいな、です」

「ありがとう。俺は宮前臣吾《しんご》。改めてよろしく」

そう言われて初めて、愛菜は彼のファーストネームすら知らなかったことに気付いた。

フルネームを彼の口から直接告げられて嬉しい。連絡先を教えてもらえて嬉しい。彼との繋がりができたことが嬉しい。

気軽に連絡を取り合う関係になれたわけではないのに、心臓は喜びでドキドキと高鳴っている。

スマホを仕舞うやいなや右手を取られ、彼のコートの左ポケットの中に導かれた。

「行こうか。方向は？」

宮前は穏やかな口調でそう言い、ポケットに入れた指を愛菜のそれにスルリと絡ませる。

――もう彼の方を見られなかった。居酒屋や電車内でのときめきなど一気に上回る照れと気恥ずかしさに襲《おそ》われる。

何、この展開。

まるで熱愛中の恋人みたいな触れ合いだ。手を繋ぐまでの流れがあまりに自然すぎて、戸惑う暇もなければ、拒否するタイミングも見つけられなかった。

……おかしい、イメージと違う。

真面目な人ってもっとこう、女の人の扱いを知らないというか、不慣れというか、一緒にいてもどこかぎこちないものだと思っていた。こんな風にナチュラルに女性がときめく行動をしてみせる宮前は、真面目な人というカテゴライズから外れている気がする。

愛菜の中の〝真面目〟の定義がそもそも間違っているのか。それとも……湖西が言っていた宮前像はあくまで社内だけの姿で、やっぱり遊び慣れてる軽い人だったってこと?

愛菜の思考はぐるぐると渦巻《うずま》いていく。

さっき一度否定して自己嫌悪までしたはずなのに、〝宮前＝プライベートでは遊び人説〟がどんどん真実味を帯びていく。

この説を肯定する要素は他にもある。初めて接点を持ったときの彼の態度だ。

宮前は、初対面だった愛菜の誘いに二つ返事で乗った。ホテルのフロントでも迷いはなさそうだったし、ベッドの上でも余裕があった。

それって女遊びに慣れてる、ってこと、かも……

今日の居酒屋でだって上手く話題を振ってくれた。男性にほとんど免疫がない愛菜がリラックスできたということは、女性の心を掴《つか》む話術を身に付けている――つまり場慣れしているということだろう。

それに、こうして並んで歩いている最中だって、さり気なくエスコートしてくれるのが分かる。今彼の歩くペースに愛菜がついていけるのも、彼が車道側にいるのも、きっと偶然じゃない。

気を緩めると足元がフラつきそうだ。だって彼のポケットの中にある右手が、長い指に弄《いじ》られている。絡む指の熱と緊張で手が少し汗ばんできた。それが恥ずかしくてまた緊張するから、ポケットの中の湿度は増す一方。

どうしよう。どうしよう。

こういう一面も含めて彼をどう思うかと聞かれたら、やっぱり好きかもと答えてしまいそうな自分が怖い。

手を離してほしいと焦る反面――ずっと触れ合っていたいと思う自分も確かにいる。

ドキドキしながら歩く帰路は、普段より長くも短くも感じられた。

……あまりにも幸せで、デートと勘違いしそうになるけれど、これはデートではない。それにあと数十秒で終わってしまう。夢はいつかは醒《さ》めるものだ。

程なくして自宅前に到着し、愛菜は溜息を堪《こら》えて立ち止まった。そっと右手を引くと、温まったそれはスルリと解放される。手は外気に晒《さら》されて、瞬《またた》く間に指先から冷えていった。分け合った体温が完全に逃げる前に左手で右手を覆《おお》う。

「家、ここなので……ありがとうございました」

寂しいと思うのと同時に、愛菜はなおも戸惑っていた。

自宅に誘ったり、連絡先を交換したりと、宮前は一体何を考えているんだろう。愛菜をどうしたいんだろう。

……ああ、もしかして――

彼をぼんやりと見上げていると、思考が滑っていく。

その真っ直ぐな視線に絡め取られたかのように動けなくなる。

愛菜の腰を抱き寄せる腕。

耳元の髪を後ろに梳《す》いてうなじに添えてくる手。

額がこつんと触れ合う。

「これから……二人きりのときは下の名前で呼ばせて、愛菜」

囁《ささや》く唇が、愛菜のそれに優しく触れた。

押し当てられた唇は愛菜と同じくらい冷たい。

角度を変えて何度もキスが降ってくる。やがて宮前は、愛菜の唇を軽く食《は》んでその先を強請《ねだ》り始めた。

強引さはない。あくまでも愛菜が自ら応《こた》えてくるのを待っている素振りだ。

こちらをやんわりと包み込む唇は、まるで愛菜の唇の弾力を楽しんでいるように擦《す》り寄ったり吸い付いたりを繰り返した。

互いの唇が熱を持ち始め、それぞれの体温を相手に与えていく。

不意に温まった唇をチロリと舐《な》められた。小さく肩が揺れる。

過去の体験が脳裏《のうり》を過《よ》ぎった。

……キスなんてどれぐらいぶりだろう。

処女を捧げた元彼としたのは、付き合い始めの頃だけだった。キス嫌いな元彼は「唇を重ねるより肌を重ねたい」と面と向かって宣言してくるような人で、しかもしばらく経ってからはセックスすらしなくなった——

「愛菜」

「っ！」

名前を呼ばれて現実に引き戻された。

唇がまた迫ってくる。

考えることを放棄し、愛菜は目を閉じて薄く唇を開いた。

「……っ」

開いた唇の隙間から舌先がスルリと忍び込む。

腰をくっと引かれた。うなじをくすぐる手に促《うなが》されるように顔の角度を変える。より深さを求めて差し込まれた舌は生々しく温かい。

冷たかった身体も、宮前から与えられる熱に馴染《なじ》んでいく。

下唇を一度ペロリと舐めてから、宮前が口腔を探り始めた。愛菜は奥へと逃げていた舌を恐る恐る差し出す。互いに舌を絡ませ擦《こす》り合う。

頬が熱い。密《ひそ》やかな水音が鼓膜を犯す。角度が変わる度にピチャリと漏《も》れる濡《ぬ》れた音に、どうしようもなく煽《あお》られる。

胸の前で組んでいた両手は、いつしか宮前の上着に縋《すが》りついていた。

口内をくすぐる舌先はまるで愛菜を甘やかしているみたいだ。その一方で、こちらを確実に追い詰めようとする獰猛《どうもう》さも感じる。

このまま食べられそう、なんて思った瞬間、舌を吸われた。声にならない音が鼻から抜ける。

――恥ずかしい。でもどうしよう、気持ち良い。

彼に引き込まれた舌をもう少し伸ばす。そろりそろりと宮前の口腔を探り始めた愛菜を歓迎するかのように、彼の舌が絡んできた。

ぴくんと肩が跳ねる。全身が足元から崩れ落ちそうだ。彼に縋る両手は震えるばかりで、力が上手く入らない。

宮前の腕に支えられながら甘い蜜のようなキスをされて、あまりの心地好さに身体の芯がトロトロと溶けていく。

「……っ、これ以上は、やめておこうか」

唾液に濡れた愛菜の唇をチュッと吸って、彼の温もりが離れた。

閉じていた瞼《まぶた》をうっすら開く。息が弾む。互いの呼気が二人の間で白く交じり合って夜の闇に消えていく。

至近距離にあった唇から視線を上げると、……愛菜の腰は今度こそ砕けた。

滴《したた》るような艶《つや》やかさを帯びた瞳が、何かを堪《こら》えるようにゆらゆらと揺れている。

ほんの少しだけ上がった口角。滅多なことでは動かない彼の表情が、今はひどく柔らかく見える。

男の色気を真正面から浴びせられた気分だった。

「続きは来週……俺の家でな」

大きな手がうなじから頬へと滑る。もう一度だけゆっくりと唇を啄《ついば》まれた。

唇が離れても宮前の親指は、触れ合った熱を残す場所を名残惜しそうに這う。

宮前に見惚《みと》れてぼうっとしてしまい、愛菜は最後まで言葉らしい言葉を紡ぐことができなかった。

6

「ご心配をお掛けしました」

翌週月曜の昼休み。社外のファミレスに、愛菜を含めたいつものメンバー四人が揃った。

ドリンクバーから全員が戻ってテーブルを囲んだところで、愛菜はまず頭を下げる。すると対面に座る真野と堀田が顔を見合わせた。

「ってことは無事だったのね、なかちゃん」

「良かった！　とりあえずは安心かな」

「安心って……」

隣の安倍が苦笑する。

「金曜の社食、すごかったんだから。あの宮前さんに平謝りした女性社員は何者だ、しかも社外で会う約束までしてたって、他課にも情報が駆け巡《めぐ》ったみたい」

「そうそう。安倍ちゃんと外に逃げて正解だったよ」

愛菜は真野達に、先日安倍に話した内容をもう一度ざっくりと話した。

「……それで、仕事帰りに行ったお店でご馳走《ちそう》になって、謝罪を受け入れてもらえました。帰りは家の前まで送ってくれて」

「一件落着？　良かったね、なかちゃん」

安倍の優しい声に頷《うなず》きつつ、切り分けたハンバーグを口に運ぶ。

「送り狼《おおかみ》にはならなかったか」

「さすが宮前さん。真面目ねぇ」

真野と堀田の言葉にむせかけ、それを誤魔化《ごまか》すべく飲み物に手を伸ばす。

――日替わりランチをつつきながら笑い合うみんなに、事の顛末《てんまつ》を全てぶち撒《ま》けたら一体どうなるんだろう。別れ際にキスされるのは送り狼のうちに入るのかな。

部屋に乗り込まれなかったからセーフ？　いや、キスはキスでもがっつり堪能《たんのう》されたからアウトに近い気もする。

……宮前について分かったことは、彼は思ったほど真面目でもお堅い人物でもなかった、ということか。

けれど、連絡先を交換したのも、キスがどんどん濃密になったのも、愛菜本人が許したからで、決して強要されたからではない。手を繋がれたときだって、力を込めて引っ張ればきっと呆気なく解放されただろう。

雰囲気に呑まれたとはいえ、受け入れたのは彼女自身だ。

でも仕方ないと思う。だってあんなに情熱的なキスは初めてで、あまりの気持ち良さに途中からこちらも積極的に……って、待て待て思い出すな、こんな日中の健全なランチの場で考える内容じゃない！

「宮前さんと同じ課にいる千沢さん《ダーリン》経由で情報収集したところによりますと」

真野の声にハッとした。

とりあえずは聞き役に徹しよう、と心の内を押し隠して会話に意識を向ける。

「お、真野隊員！　報告どうぞ」

「隊員って何ですか、堀田姐《ねえ》さん」

「『中戸愛菜を生暖かく見守り隊』に決まってるでしょ、ねぇ安倍隊長」

「いつから私が隊長になったのよ」

安倍の冷静な突っ込みが入る。

「それで真野ちゃん、千沢さんは何て？」

「うん、この話はもう姐さんは知ってるし、安倍ちゃん達も知ってるかもだけど。金曜の、なかちゃん&宮前さん接触事件の後にね、宮前さんに探りを入れた猛者《もさ》が何人かいたんだって。そのせいで宮前さん、すごく機嫌が悪くて、『全身から出るオーラが怖くて近くに行くと冷や汗出た』って彼《ダーリン》、ボヤいてたよ」

「余計な詮索《せんさく》なんてされたくない人なのにね」

「そうそう。触らぬ神に祟《たた》りなしだよね。でも、今日の宮前さんは何故か機嫌が良さそうだって、湖西さんが言ってたみたい。あの無表情じゃ他の人間には分かんないだろうけど」

……機嫌良いんだ。

付け合わせの温野菜を咀嚼《そしやく》しながらちょっぴり嬉しくなる。

愛菜は今日一度も彼を見ていない。

どんな感じなんだろう。確かに態度に出すことはなさそうだから、いつもの無表情に柔らかい雰囲気をまとってるのかな。

と、彼の姿を想像して油断していたところに堀田から一撃が入った。

「湖西さんの見立てなら確かよね。てことは……なかちゃん、心当たりあるんでしょ。吐きなさい」

「うぐっ……いやいやいや、宮前さんのご機嫌と私とは関係ないでしょ」

口の中の物は辛うじて呑み込めた。

土日挟んでるし、週末に何か良いことでもあったんじゃない？　と言葉を繋げてアイスティーを喉《のど》に流し込む。

危なかった。今日のランチは危険だらけだ。

「じゃあさ、揉め事って結局何だったの？」

「ラブ的な方向希望！」

「えぇー、なかちゃんが宮前さん狙いなんてないない。だってこの子、湖西さんレベルの容姿すらスルーする面食いちゃんなのに」

「そうだった。じゃあ逆の可能性は？」

「逆って、宮前さんから告白ぅ？　……はっ、まさか『交換日記からお願いします』とかっ」

「うわぁ……姐《ねえ》さんのボケから昭和の香りがするわー……」

「ひどっ！　『いくら真面目な人でも小学生じゃないんだから』くらいのソフトな突っ込みを待ってたのにっ」

ポンポン弾む会話は、ご飯を食べながら喋っているとは思えないほどの軽快さだ。

「……まあ、宮前さんって恋愛話とは結びつきにくいよね、雰囲気的に」

安倍がゆったりと口を開いた。

真野と堀田は全く同じタイミングで頷《うなず》く。

「真面目っていうか堅いよね、全体的に。色っぽい話は相棒の湖西さん総取り」

「でも宮前さんって単品で見ると結構格好良いよ？　いつも隣にいる湖西さんがそのはるか上を行くイケメンだからどうしても霞《かす》んじゃうだけで」

「……真野ちゃん、そんなこと言っちゃっていいのかなー、千沢さんが泣くよ？」

「あの二人が規格外なのは彼の方《ダーリン》がずっと分かってるもん。それに私達の愛はこの程度では揺らぎませーん」

　愛菜は軽く反撃してみせたつもりだったのに、逆に惚気《のろけ》られてしまった。

　三人で顔を見合わせる。誰からともなく笑いが零《こぼ》れた。

「はいはい、ご馳走様《ちそうさま》」

「このバカップルめ」

「真野ちゃんがこういう子だから千沢さんも安心して付き合っていけるんだろうね。湖西派一色のうちの会社では超希少生物」

「ん？　褒《ほ》められてる気がしないのは何故……」

「褒めてる褒めてる」

　いいな。

　付き合って一年ちょっとしか経ってないのに、素敵な関係を順調に育《はぐく》む二人が微笑ましくて羨《うらや》ましい。好意を素直に口にできるってすごい。愛菜にはかなりの高難度の技に見える。

　恋愛経験が少ないなりに、週末からずっと考えて、悩み抜いて、自分の気持ちが完全に宮前に持っていかれたことは自覚した。振り返れば、それまでも好きになる要素はいくらでもあったと思う。

　でも、素直に『好き』だとは言えそうにない。逆に、完全に縁を切る覚悟さえしている。

宮前も愛菜に興味を示してくれているのに、その興味が愛菜の何に向いているのかを考えると、好意は後ろ向きな感情に塗り潰《つぶ》されていく。

先週の金曜、宮前は移動中の電車内と別れ際のキスの後で、また二人きりで逢《あ》いたいという意志をはっきりと伝えてきた。

しかし……〝一目惚れ〟などという奇跡がそうそう起きるとは信じられないし、二度しか逢っていない相手から惚れられたと思えるほどの自信は、自分にはない。

だから、あの言葉の意味は〝夜のお誘い〟だろう。そこに愛菜が期待する感情は込められていない。勘違いしちゃだめだ……

「――でもさ、無表情って怖くない？」

飲み物を手にした堀田が声を潜《ひそ》める。ドキッと心臓が跳ねた。

愛菜の代わりに真野が応《こた》える。

「宮前さん？」

「そう。何考えてるか分からないっていうか、何となく陰を背負ってる感じがどうもね……迫力のある人って私、駄目なのよ。その点、湖西さんはほんと素敵」

堀田は湖西派だ。しばらく彼女の熱い湖西賛美が続いたが、いつものことなので他の二人と聞き流しながら食事を進める。

先週の男女合同の飲み会で愛菜が退席した後、堀田は空いた席をちゃっかり確保していたらしい。

湖西の斜め前のポジションは、点数付けすると九十点だとか。

ちなみに隣は九十八点、あのとき安倍がいた向かいの席が百点だそうだ。〝横顔は遠くからでも見えるけど、正面から真っ直ぐの顔は滅多に見られないから〟というのがその理由らしい。

「百点席、座りたかったぁー」

「ごめんね。譲れないわ」

堀田が拗《す》ねたように上目遣いで安倍を見る。安倍はそんな堀田の恨《うら》み節を笑顔で軽く流した。

本人の口から直接聞いたことはないけれど、安倍も湖西派なのだろう。社食を利用する際に彼の動向を目で追っているようだから。

堀田のように明け透けに好意を口にしないところは、愛菜と近いかもしれない。


会社に戻って午後の業務を始め、順に片付けていく。

何事もなく一日が終わった。三十分の残業はあったが、それだけだ。

宮前との接触は結局一度もなかった。

がっかりしたようなホッとしたような複雑な気持ちを抱きながら、デスクを片付けて立ち上がる。

「……なかちゃんさ」

会社を出て少し歩いたあたりで、隣を歩く安倍が白い息を吐く。

愛菜は足元から這い上がる路上の冷気にブルリと身を竦《すく》ませつつ、彼女に顔を向けた。

「宮前さんに恋してるでしょ」

「っ!?」

「ランチのときに気が付いた、っていうか確信した」

「……そんなに分かりやすかったかな」

できるだけ平静を装っていたのに。

巻いたマフラーに口元を埋め、そう呟《つぶや》く。安倍が肩を竦めた。

「真野ちゃんと堀田ちゃんは気付いてないかも。私は二人が宮前さんの話題を出したときに、ね」

「そっか……」

確かに愛菜は、堀田が語っていた宮前の印象に同意できなかった。

だって彼女が騒ぐ湖西より、宮前の方がずっと魅力的に見える。それなのに、どうして皆、湖西にばかり目を向けるのか。美意識の違いがあるとはいえ、本当に不思議だ。

「なかちゃん、割と顔に出るから、隠したいなら気をつけた方がいいよ。言いたくないんでしょ？　私も今ここで詳しく聞くつもりはないし」

「……ごめん」

歩くペースが遅くなる。

愛菜が落ち込んでいるのに気付いたのか、安倍は愛菜より数歩進んだところで振り向き、苦笑した。追いついてきた愛菜に細腕をスルリと絡ませ、一緒にゆっくりと歩き出す。

愛菜はふと口を開いた。

「……安倍ちゃん。私からも聞いていい？」

同じ高さの目線から、綺麗《きれい》にアイシャドウを載せた目が愛菜を窺《うかが》ってくる。

そっと深呼吸すると、甘い香りが鼻をくすぐった。髪の香りかな。彼女はいつも良い匂いがする。

「安倍ちゃんってさ……湖西さんのこと、好きなの？」

「……どうして？」

「勘、かな」

ふいっと前を向いた彼女につられて愛菜も正面を向いた。駅はもう目と鼻の先だ。

安倍が静かに口を開く。

「……私は……一生分の恋愛感情をもう全部使い切っちゃったの——振り向いてくれない相手に。だからっていうのも変かもしれないけど……応援するよ、なかちゃんが本気なら」

その台詞《せりふ》から、これ以上自身の話に触れられたくないことは簡単に察しがついた。やや伏《ふ》せられた顔はひどく切なげで、見ているこちらの胸まで締めつけられる。

いくら仲が良くても全てを話せるわけじゃない。愛菜だって、今現在彼女に隠している話が山ほどある。

だからおあいこだ。詮索するのはやめよう。

代わりに自分の気持ちを少しだけ打ち明けてみる。

「本気、か。……どうなんだろ。自分でもまだよく分からないんだよね。気になり始めた切っ掛けはこの前の、初めて接点を持ったときのような気がするけど」

「宮前さんに謝る原因になった件？」

「そう。それから何日か経って……『好きかも』って気付いたのが一昨日なの。だからまだ気持ちがふわふわしてるっていうか、揺れて落ち着かない感じで」

「うん」

「今日は会社で彼のこと一度も見かけなかった。それが残念だなって思うくらいには、気になってる」

「そっか」

安倍が組んでいた腕を解《ほど》いた。

「相談ならいつでも乗るし、幸せな報告なら大歓迎。……でも」

そう言って途中で言いにくそうに一旦口を噤《つぐ》み、また開く。

「大丈夫だとは思うけど……もし宮前さんと仲良くなって、湖西さんとの接点ができても、湖西さんの近くには寄り過ぎないよう気をつけて」

「湖西さん……？」

言葉の真意を尋ねてみたけれど、最後まで彼女は多くを語ろうとはしなかった。


——翌日も、その翌日も。

社内で宮前と接する機会は一度もなかった。

一日に二度、朝起きたときと夜寝る前ぐらいに、スマホに挨拶だけの短いメッセージが入る。それだけだ。

愛菜は挨拶に一文加えて返信している。でもそれ以上はやり取りが続かなくて、嬉しさと寂しさが同じほど募《つの》っていく。

彼から連絡先を教えてもらった夜は、それだけで舞い上がるくらい嬉しかったのに。一つ手に入れると、もっと大きなものが欲しくなる……

なんて浅ましいんだろう。

我が身の欲深さに自己嫌悪に陥《おちい》りながら、愛菜は今夜もコタツに潜《もぐ》ってスマホの液晶画面を見つめる。

『おはよう』

十二時間以上も前に受け取った短い一文。

素っ気ない四文字の向こうに彼の姿を思い描いて溜息を吐いた、そのとき——スマホが手の中で明滅した。

就寝前の挨拶だけかと思って開いた画面には、金曜の終業後に食事に行こうという文面が表示された。おまけに文末には『その後、家に遊びにおいで』とある。

どう返事をしようと悶《もだ》え悩むこと三十分。打っては消し、打っては消しを繰り返し、結局『伺《うかが》います。おやすみなさい』とだけ送った。

もう寝る直前の時間だったのに、その夜はドキドキしてなかなか寝付けなかった。

おかげで翌朝は、かなりの寝不足だった。

欠伸《あくび》を噛み殺しつつ身支度を整え、家を出る。

――もう考えるな。考えちゃ駄目だ。

電車に乗り込んだあとも、頭の中で何度もそう繰り返す。だけど、昨晩届いたメールの文面がなかなか頭から離れなかった。

「……っ！」

先週末の自宅マンション前での出来事が不意に脳裏《のうり》に蘇《よみがえ》る。あのときの濃厚なキスを思い出して、生々しい感触の過《よ》ぎった唇を思わず手で覆《おお》った。頬が熱いのは車内の暖房のせいだけじゃない。

『続きは来週……俺の家でな』

あの一言って本気だったんだ……

彼からの誘いはもちろん嬉しい。二度目はないと断ったのに、それでも愛菜を求めてくるなんて、光栄にすら思える。

でも、……駄目。期待しちゃ駄目だ。これは彼のリベンジかもしれないんだもの。

ああ、それより、明日は何を着ていこう。

いや服よりも、今度は上手くできるかな……じゃない、もう会社に着くから気持ちを切り替えなきゃ。こんな雑念だらけじゃ仕事もままならない！

更衣室のロッカーの前で鏡に映る自分の姿をジッと睨《にら》みつけ、気合いを入れる。

「……よし」

席に座りパソコンを立ち上げる頃にはどうにか集中力をかき集められた。

雑談もせず黙々と仕事に取り組む愛菜に、話しかける者は誰もいない。これが彼女の業務スタイルだと、斜め前に座る安倍をはじめ、課の皆が知っているからだ。

始業から数十分後、宮前が課長のもとを訪れても愛菜の意識が彼に向くことはなかった。


愛菜が宮前の姿を視界に入れたのは昼休み。

いつもの四人で社食に行くと、彼は既に食事を始めていた。隣には湖西。彼らの周囲は、例のごとく綺麗《きれい》な女性達が陣取っていた。

愛菜は異様に華やかなその席から、ふいっと目を逸《そ》らす。

彼が付き合いや成り行きで女性達と同席していることは既に知っている。その事情を抜きにしても、いつもの光景だ。あらかじめ身構えていれば、好きな人が美人と一緒にいても、心のダメージは少ない。

……でも、やっぱり彼は〝プライベートでは遊び人〟なんだろうか。あの中には、安部の言う通り、宮前狙いの女性もいたりするのかな……

隣では他の三人がメニューを吟味している。

「私B定にしよ。皆は何にする？」

「どうしようかな。なかちゃんは？」

「もちろんAで！」

もやもやした気持ちを振り払うように、愛菜は勢い良く答える。

今日は木曜だ。木曜の社食で食べるのはA定、つまり親子丼。これだけは譲れない。

それを聞いた安倍達が口を揃えて言う。

「ですよねー」

笑い合って一旦解散する。各々《おのおの》注文を済ませ、トレイを持って一つのテーブルに再集合した。

話題は尽きず、食べたり笑ったり忙しい。

A定は量が多いからいつもより速いペースで食べたいのに、会話の中で堀田の一言にツボを突かれてしまい、肩を震わせ身を屈《かが》める羽目になった。

口に入れた卵と鶏肉《とりにく》を噴き出したら大惨事だと必死で我慢するけれど、笑いを堪《こら》えるあまり腹筋が攣《つ》りそうになる。

せめて見苦しくないようにと片手で口元を覆《おお》い、もう片方の手で目尻に浮かんだ涙を掬《すく》いながら目線を上げると――離れたテーブルで席を立った宮前と、目が合った。

「――っ！」

目を見開き硬直した愛菜を訝《いぶか》しんで、堀田が目線を追って振り返る。

「なかちゃん？　……あ、湖西さん……の腕に胸押しつけてるあの女、誰よッ……！」

「姐《ねえ》さん落ち着いて」

「あの子って営業の……」

三人の声が随分遠くから聞こえてくる気がする。

宮前はもう踵《きびす》を返してトレイを返却しに行ってしまった。胸の鼓動が収まらない。立ち去る直前の彼の姿が目に焼きついて離れない。

もしかして、ずっと見られてた……？

目が合ったとき、宮前はほんの少しだけ驚いた様子だった。

それから薄い唇を開き――下唇に赤い舌を這わせた。こちらに視線を据《す》えたまま、見せつけるように。

ゆっくりとした動きに思えたが、もしかしたら愛菜がそう感じただけで、実際は一瞬のことだったのかもしれない。それに、見せつけるとかではなく、下唇に付いていた何かを舐《な》め取っただけかも。

……なんて、言い訳のように考える。

だけど、あれは偶然じゃない。愛菜を意識した上での仕草に違いない。

愛菜はそわそわしながら視線を手元に落とした。

美味しい親子丼は残り半分。でも激しい動機のせいか、上手く喉《のど》を通りそうにない。

安倍達の会話が耳を素通りしていく。

たったあれだけの仕草で、先週の夜の出来事が全身にまざまざと蘇《よみがえ》ってきた。

濃厚なキスを与えてくれた唇。指を絡め合った右手。撫《な》でられたうなじ。抱き寄せられた腰――

彼の感触が鮮やかに思い出され、全身がカァッと火照《ほて》る。

もう観念するしかない。

私はもう引き返せないところまで――あの人に嵌《はま》ってしまった。

7

週末に初めて訪れた彼の家は、最寄り駅から徒歩十数分の距離にあった。

少し歩くよ、と事前に言われていたからそれなりに覚悟はしていたけれど、予想以上の遠さだ。

途中でコンビニに寄り、会計を済ませて外に出たら、どっちの方向から来たのか、完全に分からなくなってしまった。駅を出た途端、手をポケットに引き入れられて、頭の中が一杯一杯になっていたのも一因かもしれない。

愛菜は道を覚えようとするのをやめた。彼から離れなければ迷う心配はない。最悪タクシーを呼べばどうにかなる。

愛菜が辺りを見渡したり後ろを振り返ったりしなくなったことに気付いたのだろう。やがて比較的新しそうなマンションに着くと、宮前は愛菜を見下ろしながら言う。

「……ここの五階。道は覚えられた？」

何となく楽しそうな宮前の声に、苦笑いで首を振った。彼も、覚え切れなかったことを分かって言うのだから性質《たち》が悪い。

エレベーターに乗って彼の部屋に向かう。

廊下を少し歩き、扉を開けて入った先は、外観からイメージした通りの綺麗《きれい》な部屋。それに広い。

利便性を重視した愛菜と違って、彼は住み心地を優先したのだろう。歩くのは苦にならないタイプなのかもしれない。

促《うなが》されてソファに座り、改めて周囲を見回す。対面式のキッチンからリビングの端までの間には、愛菜の部屋が二つ入りそうだ。

「テレビでも見てくつろいでて」

入ってきたドアとは別のドアを開けて宮前が一旦姿を消す。あちらにもう一部屋あるのだろう。この部屋にはベッドが置かれていないから、多分向こうは寝室……

そこまで考えたら、緊張がぶり返してきた。

先ほどまでは約束通り、お酒を飲みながら食事をしていたのだが、そのときは穏やかで優しい時間が流れていた。

だからそれほどドキドキせずに済んだのだが、改めて彼の部屋に上がり込んでしまったと認識した今、心臓が口から飛び出そうに胸が高鳴っている。

愛菜はうろうろと視線を彷徨《さまよ》わせる。

どうしよう。今更ながら焦ってきた。

ホテルなら、チェックインした後にすることは一つしかない。

だけど、今はホテルじゃなくて彼の部屋にいる。宮前はプライベートな場所で、一体どんな風に振る舞うのだろう。

これからどうなるの？

しばらく雑談タイム？

あれ、宮前さんって〝その気〟だよね？　そういう意味でのお誘いだよね？　だから覚悟はしていたのだけれど……

もしかしてただ宅飲みしたかっただけ？

恥ずかしくてはっきり確認しなかったことに気付く。私の勘違いだったら……どうしよう……

ソファ前のローテーブルに置いたコンビニ袋に手を伸ばす。

買ってきたペットボトルを掴《つか》もうと身を乗り出して、そのままへにゃりとラグに座り込んでしまった。あまりの緊張に、身体が言うことを聞いてくれない。

力の入らない手でどうにかペットボトルを取って蓋《ふた》を捻《ひね》り、半分ほど一気に呷《あお》る。それでも緊張は少しも解《ほぐ》れず、途方に暮れてしまった。

リビングで一人そわそわと身体を揺らす。

静かだ。駅前の古い賃貸マンションに住み慣れた愛菜には、この静けさが逆に落ち着かない。黙っていたらますます気詰まりになってきた。うるさいのは自分の心臓の音だけだ。バクバク鳴っている音が身体の外に漏《も》れていたらどうしよう。

テレビを付ければ気が紛れるかな、と思いつき、キョロキョロと首を巡《めぐ》らせて、リモコンを探す。すると、ふとあるものが目に留まった。

「あ……本物のルンちゃんだ……」

愛菜は四つん這いで壁際まで移動し、そこにデデンと置かれた円盤を、真上からまじまじと眺めた。

ネットの動画で見て一目惚れして、公式サイトを繰り返し眺めては『私だったらこのタイプが欲しいな』なんて幾度となく想像しながらも、実物は一度も見たことがなかった――ロボット掃除機。しかも上位機種だ。

「すごい……初めて見た……ッ！」

瞬時にテンションが上がり、緊張が吹き飛んだ。

実は愛菜はかなりの家電好きだ。〝必需品ではないけれど、あれば便利〟な商品を好んでいる。給料のことを考えると気軽に手は出せないものの、いつか買う日を夢見るだけでも充分楽しい。

そんな愛菜が一番気になっていた家電が、今目の前にある。興味を持たずにはいられなかった。

押したい、スイッチ押したい。

前足みたいにシャカシャカ動くブラシはどこにあるの？　隠れてるの？

この子が実際どう動くのかこの目で確認したい。

働く姿をじっくり愛《め》でたいー！

ここが誰の家なのかも何故ここにいるのかも忘れて、愛菜の視線はそれに釘付けになる。

だからいつの間にか宮前がリビングに戻ってきていたことも、お気に入りの玩具《おもちゃ》を追い詰めて遊ぶ子猫のように、壁に向かってそわそわしている姿を背後から眺められていたことも、しばらく気付かなかった。ついでに、今日のスカートが膝上丈だということも頭からは抜けている。

「――そんなに珍しい？」

声をかけられ、ハッとして後ろを振り返ると、愛菜は興奮して持ち主にまくしたてた。

「ルンちゃん可愛いですよね！　ずっといいなって思ってたんですけど、うち狭いしコタツもあるからお迎えする決心がつかなくて。でも一度でいいから実物を見てみたかったんです！　この子って角にぶつかったらクルッて方向転換するんですよね。プロモーション動画みたいにちゃんとお掃除してくれます？　ああん本当可愛いどうしようー！」

「とりあえず落ち着こうな」

床にペタンと座り込み、円盤をうっとり眺めていた愛菜に、宮前はゆったりと歩み寄る。

「家電量販店に行けば見本があるだろう」

「電器屋さんってどこもすごく広くて、色んなブースが入り組んでるじゃないですか……だから一人で行くのはちょっと。冷やかしに付き合ってくれそうな家電好きの友達もいないですし。そうだ、公式サイトに、メンテを定期的にする必要があるみたいなことが書いてありましたけど、実際どんな感じですか？」

「ブラシとフィルターは消耗品だな。半年に一度くらいのペースで交換する」

「この子をお迎えしてから長いんですか？」

「一昨年買った。……ちょっと動かしてみる？」

「いいんですかっ？」

思わぬ申し出についはしゃいだ声を上げてしまう。

前のめりになって中央のスイッチをそっと押した。

宮前も背後に屈《かが》んで様子を見守っている。

掃除機は軽やかな起動メロディと共にゆっくり動き、充電器から三十センチほど動いたところで一度半回転する。そこからスピードを上げて本格的に動き始めると、愛菜は思わず仰《の》け反《ぞ》った。想像より動きが速い。

「おっと」

宮前に抱き止められると同時に、掃除機が膝にぶつかる。

「ちょ、わっ！　ぶつかった、ごめんルンちゃん、え、どうすれば」

「もう一度押せばその場で止まる」

慌てる愛菜を見て宮前は苦笑しながら説明する。

「と、止まりました……えーとどうしましょう？」

「どうするって、次は何をしたい？」

「抱っこで連れていかなくても、自力でお家に帰れるんですよね」

「『ドック』って光ってるところにタッチすれば充電器に戻るよ」

そんな言葉と共に後ろから手を取られ、タッチパネルの左端へと導かれる。愛菜はそこにあるスイッチを押した。

「おぉー……お利口だ……」

何事もなかったかのように定位置に戻る円盤を見届け、愛菜は安堵の溜息を吐く。

……

……

……そこでようやくハッとする。

何、この体勢⁉

宮前に後ろから抱きかかえられ、左手を取られている。

そうだ。ここは宮前の自宅で、自分は遊びに来ていたんだった。つい数分前までこの後どうなるのかとドキドキしていたのに、すっかり忘れて、らしくもなくはしゃいでしまった。しかも我に返ったらこの状況。

「……まさか掃除機にこんなに食いつくとは思わなかった」

「すみません……」

「いや、いいよ。愛菜の中ではこれ、小動物の扱いなんだな。『お迎え』に『抱っこ』って」

背中が彼の胸に密着し、宮前が喋る度に息遣いが耳をくすぐる。

「……だってっ……ちょこちょこ動くの、可愛いじゃないですかっ」

ふっと笑う気配にドキッとした。

彼の笑顔はまだ一度も見たことがない。もしかして今のって相当貴重な表情だったんじゃ……！

一瞬振り向きかけて、バッとまた前を向く。

近い近い近い！　しかも顔が、笑顔じゃなかったけど、い、色気ダダ漏《も》れの目つきで！

「お前の方が可愛いよ」

おっおま、お前って言ったー！

彼からの初めての呼び方に心臓が跳ね、そのまま早鐘を打ち始めた。放っておけば破裂しそうだ。物理的な距離だけでなく、心の距離までもがぐっと縮まった気がする。

し、しかも可愛いって、可愛いって……！

「手触りも抱き心地もいいし。今日の愛菜、ウサギみたい」

「っ……」

腹部に回された手が、ニットセーターの上を滑る。脇腹をサワサワと撫《な》でられて、上体がゾクリと震えた。

「宮前さ、っ」

「あー……」

後頭部にコツンと当たったのは額だろうか。

ギュッと抱き締められる。その腕の硬さに男らしさを感じて体温は上がる一方だ。速まる鼓動が彼の腕に伝わっているかもしれない。

「もう少しゆっくりしてから、って思ってたんだけどな……」

余裕ないかも、と掠《かす》れた声が続ける。

宮前は鼻先で愛菜の襟足の髪をかき分け、晒《さら》されたうなじに熱い息を落とした。全身を強張《こわば》らせると、首元でリップ音が響く。

「愛菜」

「……」

「行こう」

どこへ、とは尋ねなかった。

代わりにコクンと一つ頷《うなず》く。

ゆっくりと立ち上がった彼の腕に支えられて、愛菜は砕けかけた腰と両足に力を込めた。

リビングから続く部屋に入ると、そこは予想した通り寝室だった。

ベッドとサイドテーブルしか置かれていないシンプルな室内には明かりが点いていない。開けたままの扉の向こうから、リビングの光が差し込む。その光を背負った宮前が、愛菜をシーツに沈めた。愛菜は戸惑いながらその長身を見上げる。

「せっかく名前付けてくれたから、俺もこれから『ルンちゃん』って呼ぶかな」

宮前がそんなことを言うからつい噴き出してしまった。

どう考えても似合わない。一人暮らしの男性が――しかもこんなときでも表情を変えない宮前が、家電に話しかける姿なんて。

笑みを零《こぼ》す愛菜の頬に唇が落ちた。そのまま目元や額にもキスの雨が降ってくる。

実のところ、心の底にはネガティブな考えが澱《おり》のように淀《よど》んでいる。けれど……笑ったことが切っ掛けになったのか、不思議なほどストンと覚悟が決まった。

なるようになれ、だ。

その先のことは考えなくていい。何も解決していない気がするけれど、今はそれでいい。ただ彼の体温を感じていよう。彼の情熱に全力で応《こた》えよう。明日からの身の処し方は明日になってから考える――

「……っ」

重なる唇はどこまでも優しい。柔らかく食《は》まれ、啄《ついば》まれて、緊張に強張《こわば》った全身から少しずつ力が抜けていく。

キスは好きだ。

……いや、〝宮前との〟キスが好き。

初めてしたときも、今も。ただ唇を触れ合わせているだけなのに、どんどん愛しさがこみ上げてくる。ずっとじゃれ合っていたくなる。

もしかしたら宮前も、自分とのキスを気に入ってくれたのかもしれない。だとしたら嬉しいん、と愛菜は眉根を寄せる。ニットの感触を楽しむように、大きな手が身体のラインに沿って這う。じわじわと上がってくる手は程なくして胸に辿《たど》り着き、膨らみを包み込む。

しばらく感触を楽しむように撫《な》でていた手がふと腹部に遠ざかった。服の裾《すそ》から潜《もぐ》り込んだそれが素肌を探り当て、また上を目指して這い上ってくる。長い指先がブラのワイヤーを撫で、レースに覆《おお》われた膨らみをそっと揺らした。

ドキドキして、くすぐったくて、彼の触れるところから肌がどんどん熱を帯びていく。

……彼はどんな下着が好きなんだろう。買ったばかりの甘いデザインの下着には満足してくれるだろうか。

愛菜が愛用する色は、今身に着けているライトパープルをはじめ、パステル系ばかりだ。黒とか赤とか大人っぽい色の方が好みなら今度挑戦してみてもいいかも――なんて考えが過《よ》ぎったけれど、本人に下着の好みを尋ねる勇気は持っていない。でもちょっと気になる。初めての夜はすぐシャワールームに逃げて、出てきたときはバスローブ一枚だったし……あ。

「宮前さんっ……シャワー、っ」

浴びてない。

そう続けようとした愛菜の声は、迫る唇に遮《さえぎ》られた。

「……後で一緒に入ろうか」

「や、あの……できれば今……っ」

絞り出した懇願《こんがん》は、再び唇に呑み込まれる。宮前は愛菜を離す気はないらしい。

背中でプツッと音が響いた。ホックの外れたブラの下に大きな手が滑り込み、そのままニットごとまとめて上に押し上げる。上半身が外気に触れてブルリと震えた。

恥ずかしい。裸は既に見られているのに、羞恥心《しゅうちしん》は前よりずっと大きい気がする。

「……ダメ。手はここ」

思わず手で胸を覆うと宮前が枕を握るよう促《うなが》してくる。頭の後ろで手を組む格好に近い。

「愛菜からは何もしないこと。いいね？」

耳元で囁《ささや》かれ、躊躇《ためら》いつつもコクンと頷《うなず》いた。

このままじっとしているのは正直辛い。でもここで嫌がって興冷めされたらと思うと言葉が出なかった。

満足気に頷《うなず》き返した彼は、まるでご褒美《ほうび》だというように耳たぶを甘く噛んできた。周囲をチロチロと舐《な》められ、愛菜は息を呑んで震える。露《あら》わになった二つの膨らみがふるんと小さく揺れた。

……耳が弱いなんて今まで知らなかった。

耳だけじゃない、脇腹も背筋もうなじも、宮前に触れられて初めて、気持ち良いと感じた。

元彼に反応が薄いと蔑《さげす》まれた身体は、彼の唇と指先にかかると何故かあっという間に蕩《とろ》けていく。

キスの合間にピチャリと漏《も》れる密《ひそ》やかな水音にも、彼が谷間に口づけるリップ音にも。何もかもに煽《あお》られてしまう。

ストッキングに覆《おお》われた太腿《ふともも》を大きな手が這い回る。

抵抗がないのをいいことに、スカートの中へ侵入した手は、内腿から足の付け根へと伸びた。

下着だけじゃなくストッキングまでしっとり湿らせていることに気付いたのだろう。中心を薄布越しにクンと押された。

「……っ！」

と同時に、胸の先端が濡《ぬ》れた感触に包まれる。

待ち望んでいた直接的な刺激は気持ち良すぎて、声にならない悲鳴が漏れた。

恥ずかしい。『駄目』と『もっと』がせめぎ合う。――それでも。

声が出ない。

声を出そうと焦れば焦るほど喉《のど》がヒリつく。

ああ、私はどうして声が出ないんだろう。

ＡＶ女優みたいになんて高望みはしない。ほんの少しで構わない。男の人が喜ぶような可愛い声を出したいのに。


『なんでいつも黙ってんの？』

『楽しめないじゃん。つか正直ちょっと萎《な》えるんだよね』

『最近濡れないな。不感症？』

『今日もフェラだけでいい。前に教えた通りにやって』

『お前とヤるとさ、自信なくすんだよ俺。だってお前ほんと反応薄いし。俺が下手みたいじゃん』

『はぁ？　彼女面《かのじょづら》するのやめてくれない？　お前みたいなつまんない女、相手《キープ》してもらえるだけでもありがたく思えよ』


元彼に浴びせられた言葉が次々と頭に過《よ》ぎる。

「……っ、……っ！」

声。出さなきゃ。

喘《あえ》いで、啼《な》いて、彼に伝えたい。貴方《あなた》の指に溶かされているんだって知ってほしい。

なのに愛菜の口から出るのは、音をともなわない空気ばかり。

彼が二度目を求めたのがリベンジのためなのか、それともこの身体を気に入ったからなのかは分からない。

でも深く考えたくなかった。今だけは彼の優しい指に溺《おぼ》れたい。前者の理由なら、今夜が最後の触れ合いになるかもしれないのだから。

……だから、羞恥心《しゅうちしん》を呑み込んで、色っぽく喘《あえ》いで雰囲気を盛り上げたいのに……躍起《やっき》になればなるほど喉《のど》は萎縮《いしゅく》していく。

上半身はニットとブラを捲《まく》り上げられたまま、下に穿《は》いているものだけがパサリ、パサリとベッドの下に落とされた。

愛菜は抵抗しない。言われた通り両手で枕を握りしめ、恥ずかしさに耐える。

下手に動いて相手の機嫌を損ねたくなかった。

宮前は愛菜の柔肌に愛撫《あいぶ》を与えながら、自身のシャツに手を掛ける。

長い指が茂みをかき分け、奥へと進む。

ゆっくりと秘裂に沈む指。

中を押し広げるように穏やかに動きながら、親指で小さな粒をくすぐるように擦《こす》られた。愛菜の腰は自然と揺れ始め、クチュリと粘った水音が漏《も》れ響く。

はぁはぁと浅い呼吸を繰り返す。

何度も口を開いては閉じ、息を詰め、音もなく吐き出す。

気持ち良くて、嬉しくて、切なくて、苦しい——

キュッと唇を噛んだのは無意識だった。それを見咎《みとが》めたのか、宮前は舌先で転がしていた胸の頂《いただき》を口から離し、少し身を乗り上げる。

「愛菜」

唇をペロリと舐《な》める優しい感触。名を囁《ささや》かれてうっすら目を開くと、彼の揺れる瞳が目に飛び込んできた。

シーツと背中との間に硬い腕がもぐり込む。

「っ⁉」

グイッと抱き起こされ、思わずその逞《たくま》しい肩に縋《すが》ってしまった。慌ててパッと手を退け、少し身を引く。愛菜の反応に気付いた宮前は、その腰を力強く引き寄せた。

座る彼の両太腿《りょうふともも》に跨《また》がって密着する。その体勢は、二人ともほぼ全裸なこともあってひどく淫《みだ》らに感じられる。下肢《かし》に熱い昂《たか》ぶりを感じて、体内がさらに潤《うる》んだ。

「痛いか……？」

幼い子どもをあやすような声色で機嫌を窺《うかが》う。そんな彼が堪《たま》らなく愛しくなり、想いが溢れそうになる。けれどなかなか言葉が出てこない。

「どうした？　何が辛い？」

俯《うつむ》きかけた顔を覗き込まれる。彼に不機嫌な様子はない。それどころかこちらを気にかけるような気配が浮かんでいる。

情欲がチラチラ覗く瞳をそっと見つめ返し、少しずつ息を整える。

宮前は愛菜が落ち着くのを辛抱強く待ってくれた。

「辛くも、痛くもないです、ただ……声、どうしても出なくて」

「……」

「もう分かってます、よね……私不感症で、しかも黙っちゃうから……エッチが盛り上がらなくて、口でするくらいしか、取り柄がなくて」

沈黙が怖い。

口をついて出るのはネガティブな言葉ばかりで、情けなさにどんどん声が小さくなっていく。

自分を卑下《ひげ》はしたくない。身体の全てを明け渡して、彼を愉《たの》しませてあげたい。

でも無理だよ。

胸が苦しくなるくらい彼のことが好きなのに、それだけじゃ身体の問題は克服できない。その事実を今、突きつけられた思いだった。

「泣きそうな顔してるから心配した」

ちゅ、ちゅっと頬に口づけられた。優しい温もりのある手が、腰から続く丸みを撫《な》でる。円を描くように動いていた手がそっと奥を探ってきた。

「……！」

「不感症って……逆だろ。感じやすいんじゃないか？　こんなに濡《ぬ》らして」

「っ……」

「ほら……自分でも分かるよな、溢れてるのが。それだけ感じてるってことだろ」

秘裂に触れる指先は、ごく浅いところを前後している。愛菜が零《こぼ》したものが指を濡らしたのだろう、行き来を繰り返す度にチュクチュクと水音が響いた。

宮前はただ事実を言っているだけだ。でも粗相《そそう》をしたみたいで恥ずかしい。頬がカァッと上気する。

「声だって、別に拘《こだわ》らなくていい」

「……！」

「どうしても声を出したいなら『気持ち良い』って言ってほしい。あと、俺の名前呼んで」

あっさりとした返答にびっくりした。

驚きから立ち直った胸中に、じわじわと何かが湧き上がる。けれどこの何かが何なのかよく分からない。

心が軽くなった？　それとも拍子抜けした？　……どちらも違うようで、どちらも正解な気がする。両方が混ざり合っているのかもしれない。

口を噤《つぐ》んだ愛菜の頬に彼の唇が滑った。

「……これが『悩み』の正体か」

溜息混じりに言い当てられては、取り繕《つくろ》うこともできない。視線が泳ぐ。少し躊躇《ためら》ったあと、小さく頷《うなず》いた。

ほんの一瞬……宮前から物騒な気配が噴き出たように感じたのは気のせいか。

こちらが慌てるより早く穏やかさを取り戻した彼は、何事もなかったかのように愛菜にキスをくれる。秘裂を浅く犯していた指が離れ、丸みを撫《な》でていた手とともに太腿《ふともも》に移った。

足の付け根から脇腹へ、彼の大きな手がじわじわ上り始める。やがてそれは胸に辿《たど》り着き、両の膨らみを覆《おお》った。

「っ……」

「セックスは二人で高め合うものだけど、愛菜は……そうだな、〝俺を利用して気持ち良くなる〟くらいの考え方でちょうど良いのかもな」

柔らかな丸みを掬《すく》い上げるように揉みしだかれて、熱い息が漏《も》れる。先端をクリクリと捏《こ》ねては潰す彼の指遣いに翻弄《ほんろう》される。

「してほしいことがあれば言ってほしいし、嫌なら全力で抵抗してくれて構わない。お互い遠慮なしでいこう」

こっちが乗り気のときにもし愛菜が逃げたら俺は全力で押し倒すから、なんて物騒な台詞《せりふ》を続けてから、宮前はふっと息を吐いた。

「……今は俺にどうされたい？　愛菜はどうしたい？」

囁《ささや》く声はひどく甘い。

胸を弄《いじ》られながら問いかけられ、猛烈に恥ずかしくなる。なのに、真っ直ぐ向けられる熱い瞳から視線を逸《そ》らせなかった。

至近距離から浴びせられる男の色気にクラクラする。

コクリと喉《のど》が上下した。

「……あの」

「うん」

「……肩とか背中、触りたい、です……」

ほんのわずかに彼の目が見開かれた。けれどすぐに柔らかい声で「どうぞ」と促《うなが》され、愛菜は彼に手を伸ばす。

肩をそっと撫でてみた。恐る恐る触れた肌は硬い。骨と筋肉の感触だ。

——しばらく互いの肌を確かめる。見つめ合ったまま、愛菜は広い肩や背中を撫で、宮前は優しく膨らみを揺らした。

二人の間にあるのは溶けそうに甘い空気ばかり。

愛菜はジッと向けられる視線にすら高揚させられていた。薄く開いた唇から幾度となく熱い吐息が零《こぼ》れた。

「み、やまえ、さん」

「ん……？」

「……もう少し、傍に……っ……ぎゅってしても、いいですか……？」

今抱きついたら彼の愛撫《あいぶ》の妨《さまた》げになってしまう。だからあまり期待しないで尋ねてみたのに……

宮前は予想外の反応を返してきた。

「っ⁉」

愛菜は息を呑んだ。

感情表現の希薄な顔が色っぽく歪《ゆが》む。

少し眉根を寄せ、わずかに目を細めただけなのに、頬や目元を仄《ほの》かに赤らめてかすかな笑みを浮かべているからか、今の彼は匂い立つほど艶《なまめ》かしい。

初めての夜に愛菜の心を鮮やかに射抜いたときと同じか、もしかしたらそれ以上の表情の変化だった。

唇が迫る。押し当てられたその感触を味わう余裕もなく、肉厚な舌が隙間からヌルリと入ってくる。びく、と跳ねて仰《の》け反《ぞ》りかけた愛菜の後頭部に、すかさず大きな手が回り込む。

もう一方の手は胸から腰に移動し、強く抱き締めてくる。支えるというよりは愛菜を追い詰めるような動きだ。

宮前は角度を変えてより深く舌を侵入させる。舌と舌が濃密に絡み合った。口腔内を支配され、息継ぎが追いつかない。こんなに余裕のないキスは初めてだ。

ぐっ、と身体を押され、シーツにドサリと投げ出される。宮前は愛菜の腕と胸元を覆《おお》っていた残りの服を剥《は》ぎ取り、全裸になった愛菜に覆い被さった。

素肌と素肌が重なるだけでどうしようもなく気持ち良くて、何も考えられなくなっていく。

宮前は胸に置いた指に力を篭《こ》め、膨らみを揉みしだいた。

首筋をぬるぬると這っていた舌が、手を追いかけるように胸元へと下りていく。

ツンと勃《た》った頂《いただき》が彼の舌に絡め取られた。羞恥心《しゅうちしん》を煽《あお》るように音を立てて吸い上げられる。愛菜は喘《あえ》ぐ代わりに浅い呼吸を繰り返した。

無意識のうちに逃げかけた腰を、宮前の片手が捕えた。彼はもう手加減する気はないらしい。

「……っ、……！」

愛菜の忙《せわ》しない息遣いと淫《みだ》らな水音が寝室に響く。

宮前の唇が愛菜の肌を這い回り、吸い付いては赤い跡を散らす。いつの間にか秘裂に沈んでいた指はぐちゅぐちゅと体内を犯している。

そんな甘い甘い責め苦が不意に途絶えたとき、愛菜は息も絶え絶えになっていた。

蜜の絡んだ指を秘裂の中から抜き去った宮前は、枕元までグッと腕を伸ばして小さな袋を取ると、色っぽく目を細めてみせる。

こちらの機嫌を窺《うかが》うようなキスが降ってくる。愛菜は唇を受け止めながら手を持ち上げた。逞《たくま》しい首に触れ、綺麗《きれい》な筋をツッと辿《たど》る。

「ん、っ」

宮前の口から小さな吐息が漏《も》れた。

その直後、ほんの少しだけ彼から照れたような気配が滲《にじ》み出た。

と同時に、愛菜の胸に、堪《たま》らないほどの愛しさがこみ上げてくる。胸が苦しいくらいにキュンキュンした。

……可愛い。彼も首が弱いなんて気付かなかった。

触られていないのに身体の奥が強くうねって、新たな蜜をトロリと零《こぼ》す。

準備を整え顔を上げた宮前が熱っぽく見下ろしてくる。柔らかな愛菜の太腿《ふともも》を抱え——その中心に猛《たけ》る自身を突き立てた。

「……っ……！」

愛菜は必死に全身の力を抜く。

宮前はそんな愛菜を気遣ってか、ゆっくりゆっくり身体を進める。

愛菜が全てを呑み込んだときには、互いの肌にうっすら汗が滲《にじ》んでいた。

「苦しいか……？」

こちらを窺《うかが》う低音は、熱く掠《かす》れている。

愛菜は首を左右に振った。圧迫感はすごいけれど、苦しさよりも嬉しさの方がはるかに大きい。

動かなくても、心も身体も充分に満たされていく。

めくるめく幸福感に包まれ、上気した顔でうっとりと彼を見上げた。

「気持ちい、ですっ……」

自分でも驚くほどすんなりと言葉が出た。

『声だって、別に拘《こだわ》らなくていい。どうしても声を出したいなら「気持ち良い」って言ってほしい』

胸の奥でずっと燻《くすぶ》っていた悩みを、彼はたった数秒で消し去ってくれた。あの言葉が今、これほどまでに愛菜を救ってくれている。

だから愛菜は懸命《けんめい》に繰り返す。

喘《あえ》げないと嘆《なげ》く自分に、代わりとして求めてくれた言葉を。

「すごい……気もち、い……っ……わ、たし……こんな、っ初めてで……っ」

嬉しい、と繋げるつもりだった声は、彼に大きく揺さぶられた衝撃《しょうげき》で音にならない悲鳴に変わった。

言葉もなく、飢《う》えた獣のように互いを貪《むさぼ》り合った。
ギ、ギッとベッドが軋《きし》む。
繋がっているところから、粘《ねば》った水音が絶え間なく響く。

熱い秘裂に繰り返し己《おのれ》を突き立てていた宮前の息が次第に荒くなる。彼に揺すり上げられ、奥を穿《うが》たれる度に、愛菜の呼吸も乱れた。

淫靡《いんび》な交わりに、寝室の空気が濃密さを増していく。

ガクガクと震える太腿《ふともも》を押さえつけられ、逞《たくま》しい腰が一際強く打ちつけられた。
二、三度抉《えぐ》るように貫かれ、愛菜は最奥で薄い膜越しに飛沫《ひまつ》を受け止める。そこはドクドクと脈打つ彼の欲望を無意識に締めつけた。
お互い詰めた息をゆっくりと吐き出す。

……が、これで終わりだと思った愛菜は、どうやらかなり甘かったようだ。

手早く後始末を終えた宮前に腰を抱かれ、余韻《よいん》を味わう暇もなくバスルームに連れていかれる。

そして全身をくまなく洗われた。

愛菜の腰が抜けかけているのを知っているにもかかわらず、彼の手には容赦《ようしゃ》がなかった。

入浴と称した第二ラウンドは浴室を出た後も当然のように続いた。

ベッドに転がされた愛菜は両足を大きく開かされ、その間に顔を埋めた宮前が満足するまで解放してもらえなかった。途中、本気で泣きを入れなければ、甘い責め苦はもっと続いたのだろう。

涙目で呼吸を乱す愛菜を宮前は幾度となく貫いた。途中何度も体位を変え、揺さぶり、突き上げて細腰を翻弄《ほんろう》する。

愛菜は襲《おそ》いかかる快感と圧迫感を全身で受け止め続けた。荒々しく抱かれても、それだけ彼に求められているのだと思うと、堪《たま》らなく嬉しかった。

惚れた男から余裕を奪えるなんて女冥利《おんなみょうり》に尽きる、なんて熱に染まった頭で考える。

……それで結局体力の限界を超えても言い出せず、共に果て、愛菜の中から切っ先がヌルリと出て行った直後、眠るように意識を失ってしまった——

……うん。記憶はばっちり残っている。


ぱち、と瞼《まぶた》が開いた。

愛菜はいつどんな場面でも、寝起きがいい。

隣で眠る宮前に目覚める気配はない。そのことに少し安堵して、ゆっくりと首を巡《めぐ》らせる。

サイドテーブルの上にアラーム時計が三つも置いてあるのを見つけ、思わず目をパチパチさせた。

もしかして宮前は、愛菜とは逆に朝が苦手な人なのかもしれない。

いや、きっとそうだ。だって音の鳴る時刻が数分おきにずらされている。

……三回も鳴らさないと起きられないってすごいかも。シャキッと覚醒《かくせい》できる愛菜からすれば、毎回止めて、また寝て、と繰り返す方がずっと面倒に思えるのに。

愛菜はクスリと笑った。

――なんて幸せなんだろう。

好きな男性の温もりと匂いに包まれて目覚め、会社では見られない彼の新しい一面も知ることができた。

けれどいつまでもこのままではいられない。

宮前は昨晩の食事の席で、今日は予定があると――婚約した友人へ贈るプレゼントを探すのだと言っていた。

時計の針は昼近くを指している。買い物に行くならいい加減起きなきゃ。それに、はっ……はは裸だしっ！

今度は視線を床に移すと、脱ぎ散らかされた服が目に入った。

改めて見ると……何とも言えず卑猥《ひわい》な光景だ。昨夜のことを思い出して、全身が羞恥心《しゅうちしん》でカァッと火照《ほて》った。

早く服を着よう。ああ、下着の替えはリビングに置きっぱなしのバッグの中だった。

裸で取りに行くのは無理だから、とりあえず何か羽織りたい。でも服までの距離が遠い。愛菜の服は全部ベッドの足側だ。このままでは手を伸ばしても絶対に届かない。

「っ！」

毛布から腕だけ出してモタモタしていると、背後から抱き寄せられた。

振り向くと、とろんと目を細めた宮前がこちらを窺《うかが》っている。

「お、はようございます、っ……」

無防備な表情を至近距離で見せつけられた愛菜は、しどろもどろになりながら朝の挨拶を絞り出した。

すると、

「んー……」

と、普段の宮前からは全く想像のつかない、間の抜けた声が返ってきた。

「……はよ、あいにゃ」

「……っ!?」

愛菜は目を見開いて固まる。

宮前が……あの無表情ぶりに定評のある彼が、へにゃりと笑ったのだ。

驚いて食い入るように彼の顔に見入った。

長い指が近付いてきて、唇をふにふにと弄《いじ》られる。彼の顔はとことん嬉しそうだ。

「……唇、好きなんですか……？」

「ん？　んー……あと、うなじも」

顔に触れる指が後頭部に流れ、唇が迫ってくる。ちゅっと音を立てて愛菜の唇に吸い付いた宮前は、艶《つや》っぽく微笑んだ。

男の色気を浴びせられ、愛菜の胸がバクバクと速い鼓動を刻み出す。

「つぎにあうときはさ……かみのけ、まとめような……でもかいしゃはダメ、おれのまえでだけ……」

重ねた唇が柔らかく愛菜の唇を食《は》む。

彼の台詞《せりふ》が信じられない。それってつまり……

「……これからも、逢《あ》ってくれるんですか……？」

「あってくれないのか？」

一晩限りのリベンジか、それとも飽きるまでのセフレか……覚悟を決めて絞り出した一言に対する返事は、実にあっさりとしたものだった。

宮前はどうやらこの身体が気に入ったらしい。

「っ！」

愛菜の考えを裏付けるように、柔肌を這う手が不意に動きを速めた。肩を掴《つか》まれてうつ伏《ぶ》せにされたかと思うと、背中に温かい重みが乗った。

「いーにおい……あったかい……」

髪を除けて露《あら》わになったうなじに、カプカプと噛み付かれる。

肌をチクチクと刺すのは無精ヒゲだろうか。舐《な》められる合間に与えられる小さな刺激がアクセントになって、ぬるぬると這う舌の感触をより鮮明に感じてしまう。

大きな手はそのまま流れて愛菜の身体の下に潜《もぐ》り込んだ。胸の膨らみを柔らかく包まれる。

先端を捉えた指腹が、プクリと勃《た》つそこをクリクリと弄《いじ》り始めた。

「……っ！」

ビクリと震えた愛菜を己《おのれ》の重みで押さえつけた宮前は、片方の手をスルスルと下肢《かし》に向かって伸ばす。つぷりと秘裂に沈んだ指が、潤《うる》む体内を確かめるように優しく動き出した。

彼は密《ひそ》やかな低音で吐息混じりに笑う。

「……かわいいなぁ」

「宮、前さん、っ」

「しんごってよぶって、きのういった」

おしおき、と耳元に甘く息を吹き込まれる。ひどく愉《たの》しそうな声に続いて、何かのパッケージがピッと裂ける音がした。

……何か、じゃない。心当たりはあるけれど、頭が信じるのを拒否している。

……確かに昨晩シャワーの後にそんなことを言われ、彼の下の名前をひたすら繰り返していた記憶があるけれど、それについては今は考えまい。思い出すだけでも恥ずかしくて息が止まりそうだ。

「待って、朝っ、というかそろそろお昼ですし私も体力的にっ」

慌てて身を捩《よじ》る。が、既に遅かった。

全裸でイチャついていれば、こうなることは予想できただろう。愛菜の考えが甘かっただけだ。

いや、宮前の体力を軽く見ていたのが原因か。

背後からじわじわと切っ先に貫かれる。

身体がギクリと強張《こわば》ったのはほんの一瞬。彼に慣らされた内壁は、スムーズにそれを呑み込んでいく。

ふにゃふにゃと全身が緩む。シーツを握る指先と、猛《たけ》りを受け止める腰に力が入る。

「ぬるぬる……ぜんぶはいった」

「っ……」

「きもちいいか……？」

感じたときは喘《あえ》ぐ代わりに『気持ち良い』と言うと約束した。でも今聞かれても困る。一旦寝て起きた頭はクリアな思考力を取り戻していた。こんな状態ではとても口にできない。

枕に顔を埋めてコクコクと頷《うなず》く。これだけできっとこちらの気持ちは汲《く》んでくれるだろう。

長い指が愛菜を労《いたわ》るように胸をやわやわと揉んだ。

「っふ……、……っ……！」

細く細く息を吐いて震える。

全てを愛菜の中に収めた宮前は、入ってきたときと同じようにゆっくりと腰を引き、また中へと戻ってくる。

そこからしばらく、ゆったりとした睦《むつ》み合いが続いた。

彼の動きに激しさはない。切っ先を深く沈ませては愛菜の中の締めつけを愉《たの》しみ、気まぐれにゆるゆると抜き差しを繰り返す。

硬い欲望を咥《くわ》え込んだ内壁は、彼が身動《みじろ》ぎするたびにそれに絡みついて蠢《うごめ》いた。まるで愛菜の身体が、出ていこうとする熱を離すまいとしがみついているみたいだ。

こつこつと最奥を突かれると、激しく揺さぶられるときとはまた違った快感が湧き上がる。

愛菜は音もなく浅い呼吸を繰り返し、シーツを握りしめて甘い刺激を受け止めた。

繋がってどれくらい経った頃か。

前触れなく始まった交わりが、また前触れもなく終わりを告げた。背に乗っていた重みが突然ふっと消えたのだ。

「っ、ごめん……！」

中を犯していた切っ先がぬるんと抜け出る。

視界がぐるりと反転した。気付けば宮前が愛菜の肩を掴《つか》み、顔を覗き込んでいた。

彼を見上げると、先ほどまでの蕩《とろ》けた表情は既になかった。心配するような気配を滲《にじ》ませているものの、いつもの無表情に戻っている。

抜いた屹立《きつりつ》がきちんと避妊具に覆《おお》われているのを確認した彼は、盛大な溜息を吐いた。そうして愛菜の隣にドサリと長身を沈める。

「悪い、俺寝惚《ねぼ》けてて、……大丈夫か？」

宮前が横から手を伸ばして、乱れた愛菜の髪を優しく梳《す》く。

……もしも目覚めてすぐにこんな風に触れられていたら、きっとあまりの心地好さにうっとりしたことだろう。でも今の愛菜はそれどころじゃなかった。必死に呼吸を整える。

「……今まで……寝惚けてたんですか……？」

「あー……俺さ、朝の……寝起きの俺は俺じゃない、というか……」

なんだそれ。

なんだそれー！

信じられない……

深呼吸を繰り返しながらも呆気にとられた。

「でもこのパターンは初めてだ。参った……」

「……ちょっと意味が分からないです」

思ったことがそのままスルリと口をついて出る。

起き上がりゴムを始末した宮前は、愛菜の横で再び溜息を吐いた。その表情は手で覆われていて窺《うかが》えないけれど、どことなく気まずそうだ。落ち込んでいるようにも見える。

がっくりと落とされた肩の辺りを眺めながら、ぽつぽつと紡がれる彼の言葉を黙って聞いた。


その内容は、宮前が普段無表情――つまり感情を表に出さない理由だった。

――それは感情を抑えているからではなく、本当に表情が出てこないから。

宮前はそう打ち明ける。

宮前は幼い頃から喜怒哀楽がほとんど顔に出ない子どもだった。今でも彼の表情筋は無理に動かそうとしても動かないのだそうだ。

ただし寝起きのとき……意識がぼんやり浮上してから完全に覚醒《かくせい》するまでの間だけは正反対なの

だという。普段は微動だにしない顔は表情豊かになって、心の中に留《とど》めていた感情が……特に文句や不満が、口をついて出てくるらしい。

高校の頃まではまだマシだった、と昏《くら》い声で宮前は続ける。

その頃は日中も割と思ったことを口にしていたせいか、仲間内の誰かの家に泊まった翌朝に不機嫌顔で毒を吐いても、友人達は驚くことなく『はいはい』といなしてくれていた。さすがに表情が変わるようになるのには驚いたらしいが、すぐに受け入れ、むしろその様子を面白がる節《ふし》さえあったという。

その友人たちが皆、口を揃えて宮前のことを『喋ると残念な男』だと言うから、大学入学を機に一念発起《いちねんほっき》した、と低い声がかすかに笑って言う。

「……それで『ポーカーフェイスを崩さないクールな男』を目指してむやみに喋らないようにして……まあ結果は見ての通り、社内での俺の評価は『無表情の堅物《かたぶつ》』なわけだが」

宮前の脳裏《のうり》に苦い過去が蘇《よみがえ》る――

女性関係においては、大学デビューは成功したと言えるだろう。いいなと思った女性と恋人になって一夜を過ごす段階まではいつも順調だった。

しかし彼女達にほんの少しでも不満な点があると、翌朝必ず、甘い夜を台無しにする暴言を吐いてしまう。

いくら気をつけようと思っていても、寝起きの頭は言うことを聞いてくれない。しかも言った当人はほとんど覚えていないという悲惨さだ。

我に返って、言い訳と謝罪を重ねても心証は最悪だった。せめて日中は気分よく過ごしてもらおうとエスコートに心を砕いてみたこともあったが、結局はその悪癖が原因で一人の相手との交際が長続きしない。

それに懲《こ》りてからは、どこであっても恋人と一緒に眠ったりはしなかったし、当時住んでいた自宅に招くことも一切なかった。

しかし、それが続くと当然相手は不満を口にする。理由を説明しても信じてもらえず、ならばと覚悟を決めて一夜を過ごせば、案の定、翌朝は悲惨な展開が待っている。

いつしか宮前は、女性と付き合うこと自体を躊躇《ためら》うようになっていた。

真剣な交際が駄目ならと逆に開き直り、遊び好きな女の子達と快楽に溺《おぼ》れる日々を過ごした時期もあった。けれど、ふと立ち止まって自分の振る舞いを振り返った瞬間、どうしようもなく虚《むな》しくなった。

上辺だけで付き合う軽い人間関係しか築けないまま、大学生活は終わった。

だから就職してからは慎重に行動した。会社では転職しない限り、長い年月を過ごすことになる。社内の女性を相手に何か仕出かして、悪評を撒《ま》かれたら居心地が悪くなる。

湖西を隠《かく》れ蓑《みの》に、〝社内恋愛をしない主義〟を貫いたのは、ただ自分が臆病《おくびょう》だったから。

特定の女性に惚れ込んでしまってからでは遅い。だから、誰にも好意を持たないように、女性社員とは極力私的な接触を控えてきた。

それなのに何の因果か。本気で欲しいと思った女性――愛菜は、蓋《ふた》を開ければ同じ会社の後輩だった。

それでも宮前は、もう愛菜を逃すつもりはなかった。〝社内恋愛しない主義〟など打ち捨てて、今度は自分から誘うことにした。だが、彼女がホテルにかなり不慣れなことは最初に肌を重ねた日に分かっていたし、彼女の自宅に乗り込めるほど二人の仲は深まってはいない。

かと言って時間を掛けてじっくり攻略していく余裕もなかった。躊躇《ためら》いはあったものの本能にあっさりと負け、宮前はこの部屋に愛菜を呼ぶことを決意した。

彼女が目覚める前に起きればいい。最悪、事を終えた後にそのまま起きていればどうにかなるだろう。そう踏んでの誘いだったが……結果はこのザマだ。

やっとの思いで捕まえた愛菜に対して、歯止めが利かなかった。

部屋に入ってからの彼女の無防備な言動にタガが外れ、夢中になって柔肌を貪《むさぼ》った挙句、自分も心地好い疲れと達成感に満たされて寝入ってしまった。

そして翌朝。どれだけ飢《う》えていたものか、気付いたら彼女を組み敷いていたというわけだ。

初めてのパターンではあるが、感情というか本来の自分が丸出しになってしまったことには変わりない。

「――普段は表情を出せないくせに、寝起きだけは感情がモロに出て我慢が利かなくなる。傷つけたいわけじゃないんだ。……昨夜もかなり無理させたのに、悪かった。本当にごめん」

軽蔑したか？　と呟《つぶや》く宮前の声には全く覇気がない。

愛菜はキョトンとした。

今の話のどこに軽蔑するべき要素があったのか本気で分からない。

「日中抑えている感情が、寝起きのときだけ表に出るってことですよね？　ストレス溜め込むよりずっと良いと思うんですけど……？」

さり気なく肌を毛布で隠しながら不思議そうに首を傾《かし》げる。宮前は驚いて言った。

「暴言がか？」

「私は全然平気です。元はといえば相手に不満な点があるから出てくるものなんですよね？　私は自分に悪いところがあるなら直していきたいですし」

「……言った本人《オレ》は覚えていないんだぞ」

「うーん。不満を吐き出したらスッキリしちゃうんですかね。いつまでも引きずるよりはいいかもしれません」

——愛菜は思ったことを何となく口にしただけだったのだが、彼にとっては大事《おおごと》だったらしい。

呆気に取られたような顔をしたかと思ったら、緩やかに口を閉じ、視線を逸《そ》らす。おまけにほんのりと頬を染め、目元を潤《うる》ませている。

目の前で表情を変化させる彼に驚き、愛菜は至近距離から食い入るように彼を見つめた。

「……それで、今朝の俺は……何か無茶苦茶なこと、言ってなかったか……？」

そう言って、大きな掌《てのひら》で愛菜の両目を覆《おお》ってくる。どことなく照れているような様子にあてられて、こちらの頬まで熱くなってしまう。

「く、唇とうなじが好みだって」

「……他には」

問われてコクリと喉《のど》が上下した。

「……また逢《あ》ってくれるって、本当ですか……？」

突き放されないかとびくびくしたけれど、覚悟を決めて彼にそろりと手を伸ばす。

触れたのは胸だろうか、トクトクと鼓動を刻む音が掌《てのひら》から伝わってきた。

筋肉の硬い感触。彼の匂い。柔らかな低音。

一つの感覚を奪われると他の感覚が鋭くなると、以前どこかで聞いた覚えがある。今の愛菜はまさにその状態だった。

していることは、ただの目隠しとお喋りだ。なのに何故だろう、どうしようもなく煽《あお》られてしまう。一旦沈静化したはずの炎が、愛菜の体内で再燃し始めた。

「お前こそいいのか、こんな男で」

囁《ささや》く声が、ひどく近い。

でももっと近くで感じたい。隣に身を置くだけじゃなくて、もっと親密に寄り添いたい。

淫《みだ》らなスイッチの入った肌が急速に熱を帯びていく。中途半端に放り出されたときの快感が蘇《よみがえ》り、じりじりと身体の奥を焦がしていくようだ。

宮前がもう一方の手で顔のラインに触れてくる。飢《う》える肌をどうにか落ち着かせようと浅い呼吸を繰り返していた唇を、ツッと撫《な》でられた。

本能が騒ぐ。この指が欲しい。――彼の全てが、今すぐ欲しい。

「……昨夜『お互い遠慮なしで』って言ってくれましたよね。今……私にどうされたいですか？どうしたいですか？」

「遠慮しなくていいのか？」

質問に質問で返された。

この雰囲気なら自分から肌を求めても別に変じゃない。先ほどの続きを強請《ねだ》ってもおかしくない、と思う。

けれど彼自身はどうなんだろう。

一旦冷めてしまったらもう終わり？

――その疑問に、彼は唇で答えてくれた。

口づける合間に日隠しが外れ、その手が額を撫で、髪を梳《す》いて流れていく。心地好い。愛菜は逞《たくま》しい肩に手を置いてキスに応《こた》え続けた。

宮前はシーツに手を突き、ベッドに寝転がったままの愛菜を覗き込んで言う。

「これからも逢ってほしい」

「っ！」

愛菜は宮前の真意を察したものの、ときめかずにはいられなかった。

……宮前が女性経験が豊富なことはほぼ間違いないだろう。そんな男性が本気で想う相手とこんなに甘ったるい空気の中にいたら、相手を喜ばせるためにたくさんの愛を囁《ささや》くはず。

けれど宮前は『逢《あ》いたい』とだけ言った。

それはつまり、『身体だけの関係を続けたい』という意味なのだろう。はっきりと言わないのは、彼なりの優しさなのかもしれない。

それでも愛菜の胸はときめいた。

いいよね、今だけ恋人ごっこを楽しんでも。この瞬間だけなら許される気がする。

現実を噛み締めるのは、夢が醒《さ》めて日常に戻ってからでいい。

自分からそっと唇を重ねる。薄く開いた唇に招かれてチロリと舌を差し出した。

——結局そのまま睦《むつ》み合いになだれ込んで、解放されたときには既に正午を過ぎていた。

買い物に行くと言っていた宮前は予定を変更し、今はキッチンに立っている。

かすかに聞こえる爽やかな水音。

愛菜はというと、未だにベッドに沈んでいた。

昨晩使い切った体力は、わずかな睡眠だけでは回復し切っていなかった。なのに、先ほど彼を跨《また》ぐ体勢を取ってしまったのが失敗だった。

彼を悦《よろこ》ばせたい一心で淫《みだ》らに腰を揺らす自分に、宮前が煽《あお》られたのは仕方のない話だろう。柔肌を貪《むさぼ》り尽くした彼が満足したとき、愛菜の足腰は使い物にならなくなっていた。

手早く調理されたパスタを二人で仲良く食べて、今度はソファに横たわる。寄り添う宮前は男物のシャツを身に着ける愛菜に触れ、吐息の零《こぼ》れる唇を啄《ついば》む。

ソファで絡み合う二人の足元をマイペースな自動掃除機が横切っていった。

8

会社帰りに合流して、食事して、どちらかの家に泊まる――二人で共にする週末は、大抵この流れだ。

宮前が残業で遅くなる場合、会社を出た彼は真っ直ぐ愛菜のマンションに来る。逆に愛菜の退社時間の方が遅いときは、時間を潰して待っていてくれた宮前と駅から手を繋いで彼の部屋に行った。

――表面上は穏やかに日々が過ぎていく。

ホテルで初めて肌を重ねた夜から、気がつけば二ヶ月の月日が流れていた。

しかし社内の人間は誰も二人の関係を知らない。

会社では宮前から接触してくることはないし、こちらからも彼に近寄らない。

課長のもとで用事を済ませた彼は、これまで通り無表情でその場を立ち去る。

ランチタイムに社食に行っても、宮前の課は愛菜の課より三十分早く昼休みに入るので、彼は既に湖西達と食事を始めた後だ。そこに愛菜の立ち入る隙はない。なんとなく視線の合う回数が増えたような気はするけれど、それだけだ。

……こうなることは分かっていた。

『俺達の関係は秘密にしたい』

初めて彼のマンションに行った日の翌日、突きつけられた彼の要求を、愛菜はその場ですんなり呑んだ。あまりに予想通りなセフレ宣言で溜息すら出なかった。

セフレがいるなんて話は、会社で真面目と評される彼にとってはマイナスにしかならないのだろう。愛菜だって噂の的にはなりたくない。だからそのまま、快楽を共有するだけの関係に甘んじた。

身体だけでも繋がりを持てるなんて光栄だと、自分に言い聞かせて……

それに、身体だけの関係といっても、元彼のときと比べたら雲泥《うんでい》の差だ。

会社ではともかく、宮前は二人きりになるととことん優しい。

どこかの店でテーブルを囲むときはいつも穏やかな雰囲気で包んでくれるし、愛菜が拙《つたな》い手料理を振る舞えば喜びを見せる。

彼がキッチンに立つ日もある。そんなときは感謝を込めて、愛菜が後片付けを担当した。シンクで食器を洗っている最中に求められた夜はどうしようかと慌てたが、彼の悪戯《いたずら》な手を拒《こば》めず、結局は受け入れてしまった。惚れた弱みというしかない。

――そして今、愛菜は宮前の家に着いて早々、バスルームに連れてこられたところだった。

湯に濡《ぬ》れた肌の上を、泡にまみれた大きな手が這い回る。愛菜は壁に背を預け、下肢《かし》を必死に支えた。宮前はそんな愛菜に更なる快感を与えて、恥じらう気力すら奪っていく。

崩れ落ちかけた彼女の股に長い足が割り込んだ。そのまま敏感な場所を軽く擦《こす》り上げられて熱い息を呑み込む。

「俺も洗って」

愛菜を抱き締めるようにして洗っていたせいか、彼も身体の前面に泡をまとわりつかせていた。請《こ》われるままにボディソープにまみれた手をその広い背中に回してそっと撫《な》でる。

密着して押しつぶされた胸の膨らみが彼の肌の上をぬるぬると滑る。ベッドの上とは違う感触に、ゾクゾクしてしまう。

……いつもこうだ。普段の乾いた手も、この状況でしか味わえない濡れた手も、愛菜をあっという間に溶かしていく。彼がシチュエーションを変えるたびに、未知の体験に身体が熱く潤《うる》んでしまう。

足の間に割り入った膝が愛菜を揺すった。その間に指は愛菜の柔肌を滑らかに攻め続ける。

鎖骨を辿《たど》っていた指先が胸元へ下りた。色付く頂《いただき》をぬるぬると弄《いじ》られると、そこはツンと勃《た》ち上がる。甘い刺激を続けて与えられ、愛菜はハァハァと浅い呼吸を重ねた。熱気が少し苦しい。

唾液の絡む舌を吸われた。また舐《な》め合い擦り合わせる。

シャワーヘッドから流れる温かい湯に洗い流されても、濃密な絡み合いは止まらない。

泡を落とした長い指が下肢に伸びた。すっかり宮前の形に慣らされたそこをくちゅくちゅと弄られる。

愛菜は彼の首筋に縋《すが》りついて悶《もだ》えた。触れ合う肌の熱さが堪《たま》らなく気持ち良い。

溢れた蜜と白い泡が混じり合って内腿《うちもも》を伝い、排水口に吸い込まれていった。

「臣吾さん、っ……！」

息を乱しながらも二人きりのときにだけ許された呼び名を口にする。

「もう限界か？」

掠《かす》れた声が囁《ささや》く。興奮の滲《にじ》む彼の低音に、すっかり熱くなった顔でコクコクと頷《うなず》いた。

けれど秘裂に沈む指は動きを止めない。何かを探るように内壁を押し、愛菜を翻弄《ほんろう》する。

ん、と息を呑んだ。濡《ぬ》れた茂みをかき分け、指が小さな粒に伸ばされる。思わず腰をくねらせて逃げようとした。

そこに触れられることだけはどうしても苦手だった。刺激が強すぎるのだ。身体が勝手に跳ねて言うことを聞かなくなるのが堪《たま》らなく怖い。

やめて、と息も絶え絶えに懇願《こんがん》する。

それ以外の行為には従順な愛菜がこのときばかりは抵抗するからか、逢瀬を重ねる度にそこを攻める指が執拗《しつよう》さを増しているような気がする。

愛菜だって心の底では素直に感じたいと思っている。宮前の与えてくれるものなら全て受け入れたい。でも怖いものは怖いのだ。

「愛菜、あと少しだけ……っ」

「っ！」

逞《たくま》しい腕がガクガクと震える肢体《したい》を抱え直した。壁に押しつけられた愛菜に逃げ場はない。

全身を火照《ほて》らせ、切なげに浅く息を吐く。吐息ごと唇を奪われて、情熱的なキスに酔う。

密着した肌の間で、彼の反り返った切っ先が擦《こす》れる。

クラクラする頭にぼんやり浮かんできたのは先週末の出来事だ。

熱く昂《たか》ぶる欲望に、〝自分から触れてはいけない〟と宮前に言われたのはちょうど一週間前のこと――


その週は〝体調〟を理由に週末の逢瀬を断ったのだが、彼は当たり前のように愛菜の部屋にやってきた。

セックスのできないセフレのところに来てどうするんだろう、と戸惑いつつも、愛菜は彼を部屋に上げた。そして、もしかしてと思い至り、ドキドキしながら宮前に申し出たのだ。

『手と口でしましょうか？』と。

けれど、宮前はパジャマ姿の愛菜を背後から抱え込み、コタツに足を伸ばしながら首を横に振った。

『口が寂しいなら、ほら』

長い指でミカンの皮を剥《む》き、愛菜の口の中に一房放り込む。もぐもぐと咀嚼《そしゃく》していると、彼女の唇の端を優しく啄《ついば》み、次の房を口に運んでくれた。

そこから〝ミカンの房の白い筋を取るか取らないか〟なんて他愛もない話に流れて、口淫《こういん》の申し出は有耶無耶《うやむや》にされてしまった。

二人で狭いベッドに入ってからも、キスの合間に上半身を撫《な》で回されたくらいで内腿《うちもも》の辺りには一切触れられなかったし、『咥《くわ》えろ』と命じられることもない。

セフレの定義が愛菜の中で揺らいだ瞬間だった。

それで翌朝、寝惚《ねぼ》ける宮前に恥を忍んで尋ねてみたのだ。『私が口でするのって、下手ですか？』と。

『ぎゃく。……うますぎるから、はらがたつんだよ』

『えっ』

『もうフェラテクなんてわすれなさい。さわるのもダメ。あと、せーりのときは、もっとおれにあまえること。しんぱいしてるんだ。おれのカナリアは〝おくびょう〟で〝あまえべた〟だから』

『……カナリア？』

何故か愛菜のベッドではなくコタツで夜を明かした宮前は、返事に困る愛菜を見て、それまでの拗《す》ねたような表情を笑顔へと変えた。

『そう。たのしみにしてるんだ。だいじにそだてれば、いつか……』

その数秒後、宮前はテーブルに突っ伏していた上体をバッと起こし、今何か変なことを言っただろうと頭を下げ、謝り始めた。

そんな彼に先ほどの台詞《せりふ》の真意を問うわけにもいかず……だから〝下手じゃないのにしてはいけない〟理由も、愛菜をカナリアに例えて何を言いたかったのかも、未だによく分からない。

――そして今。

熱気と湿気の篭《こ》もる密室で長時間身体の中をかき回された愛菜はすっかりのぼせてしまい、ベッドにだらりと四肢を投げ出して脱力していた。バスタオル一枚というあられもない姿だけれど、下着を身に着けるのも億劫《おっくう》だ。ゆっくりと目を閉じる。

宮前が水の入ったグラスを持ってリビングから戻ってきた。そして自ら水を含み、愛菜の唇に唇を押しつける。

薄く開いた唇の隙間から水が流し込まれる。水分が通ると、愛菜の喉《のど》は急激に渇きを訴えてきた。

「少しずつでも飲んだ方がいい。自分で飲めそうなら起きてみるか?」

声をかけられ、小さく頷《うなず》く。ゆっくりと助け起こされてグラスを持った。

彼の手に支えられて、今度は自力で水分を補給する。

「ごめん、調子に乗りすぎた。こんながっつかなきゃならないほど若くもないのにな」

たった一回お預けされただけで、と宮前が自嘲気味に言う。

愛菜はふるふると首を振った。

「……一週間待ったのは、私も一緒です」

週末が来る度に宮前の体温に慣らされて、愛菜の肌は彼から熱を与えられないとじわじわ飢《う》えていくようになった。

先週だって逢《あ》いに来てくれて本当に嬉しかった。けれど、軽い触れ合いだけではもう満足できない。もっと深いところで彼を感じないと、身体が満たされない。

会社で全く接点を持てないのも、堪《たま》らなく寂しい。

本当は辛かった。こっそり待ち合わせして、食事して、肌を重ねて、眠って、日によっては朝も求め合って――そしてまた他人に戻る。

セフレという今の関係では、肉体は潤《うるお》うけれど、心は乾いてひび割れそうだ。

それでも、以前に比べれば今の境遇は天国だろう。平日さえ我慢すれば、週末はきちんと一人の女として扱ってもらえるのだから。

でも――妄想せずにはいられない。セフレじゃなく、恋人だったらどんなに幸せだろう。

社内でもお喋りして、堂々と待ち合わせして。泊まった翌日は二人でどこかにお出かけしたい。デートらしいデートじゃなくていい。公園を散歩する程度で構わない。週末の夜以外での接点が欲しかった。

……駄目だ。欲張ったらどんどん我儘《わがまま》になってしまう。姿を見かけただけでラッキーだと感じていた頃を思い出せ。連絡先を教えてもらって浮かれた夜だってあったじゃないの。

これ以上は彼に求められない。自分勝手なことを言ったり、愛されたいと駄々をこねたりして、もし嫌われたら……きっと立ち直れないだろう。内面も外見も抜群に好みな上に、愛菜のような啼《な》けない〝カナリア〟――きっと喘《あえ》げないことの例えだろう――を好んで手元に置いてくれる物好きな人は、この先一生現れない。

……幸せ。うん、今のままでも充分幸せだよね。

頬を撫《な》でる大きな手にそっと擦《す》り寄る。

彼に嫌われたくない。一分一秒でも長く共に過ごしたいと、心の底から願わずにはいられなかった。

「お前な……そんな可愛い顔するとまた止まらなくなるぞ」

忠告されたものの、その温かい手に己《おのれ》の手を添えて、唇を寄せる。そしてそろそろと胸元に導いた。

バスタオルに触れた彼の指先がピクリと揺れる。

「もう平気です。だから続き、してくれますか……？」

宮前は躊躇《ためら》うように数瞬ほど間を置いたが、愛菜に首筋をくすぐられて自制心を放棄したようだ。手を緩やかに膨らみの上へ這わせる。

愛菜の背がシーツに沈む。すると宮前がゆっくりと覆《おお》い被さってきた。

唇が重なる。触れ合わせては離れ、また寄せる。

下唇をやんわりと食《は》まれて短い息が漏《も》れた。

「……っ」

肉厚な舌が唇を辿《たど》り、口内へぬるりと滑り込む。粘膜を探るように舐《な》められた。舌が交わり、背筋がゾクリと震える。

「寒くないか」

低く囁《ささや》かれ、小さく頷《うなず》いた。のぼせた頭はまだフワフワしている。エアコンも効いているから寒さは感じない。

宮前は逆に少し暑そうだ。愛菜にのし掛かる硬い胸板がしっとり汗ばんでいる。ベッドの上で抱き合ってキスしているだけで、彼の体内に秘めた熱が伝わってきた。

重なる唇の隙間からぴちゃり、ぴちゃりと濡《ぬ》れた音が漏《も》れ響く。

バスタオル越しに膨らみを撫《な》でていた手がついと離れた。その指先が鎖骨に触れ、首筋をくすぐっていく。

肩や腕を辿《たど》り、脇腹や腰、太腿《ふともも》を愛撫《あいぶ》する。気まぐれに場所を変えては愛菜の肢体《したい》の柔らかさを確かめていった。

時間を掛けて肌を一周した手が足の付け根に伸びた。バスタオルがほんの少しだけ捲《まく》り上げられる。指が直接秘所に触れ、優しく撫でた。

「愛菜」

「ッ……」

ふっと吐かれた熱い吐息に、かすかに嬉しそうな色が載っている。愛菜の顔がカァッと火照《ほて》った。

シャワーを浴びながらいやらしく苛《いじ》められた身体は、バスルームを出て時間を少し置いた今でも熱く潤《うる》み切っていた。忍び込んだ長い指を何の抵抗もなく呑み込んだのも、小刻みに揺れる指にまとわりついた愛蜜がクチュッと音を立てたのもその証拠だ。

そう仕向けたのは目の前の宮前なのに、改めてその事実を突きつけられると、堪《たま》らなく恥ずかしい。

鼻先が触れ合いそうな距離から顔を覗き込まれるのも照れくさいけれど、だからといって顔を背けるのも何か違う気がして、愛菜は代わりに、躊躇《ためら》いながらも宮前の身体に抱きついた。

貫かれてしまえば羞恥心《しゅうちしん》を感じる暇も余裕もなくなる、だから早く奪ってほしい、そう思っての行動だった。……けれど。

「こら。煽《あお》らない」

宮前はチュッと音を立てて愛菜の唇を啄《ついば》むと、掠《かす》れた声で囁《ささや》く。

「さっきの続きからだろ？　――まだ挿《い》れたくない」

体勢を変えた宮前が白い太腿に両手を添える。

「舐《な》めさせて」

あ、と思ったときには既に、表情を崩さないクールな美貌が足の間に埋まっていた。

温かい舌先が淡い茂みに隠された小さな粒をチロリとくすぐる。

「……っ！」

鋭い快感に背中が反った。上半身を隠すバスタオルを強く握りしめる。

けれどその程度では快感を逃し切れない。

身をくねらせて悶《もだ》える愛菜の様子が伝わったのか、彼の舌の動きが瞬《またた》く間に大胆になっていく。

濡れる秘裂から敏感な粒まで何度も大きく舐め上げた舌が、今度は捏《こ》ねるように粒を押し潰した。

腰が跳ねる。足が震える。

苦しいくらいに気持ち良い。

けれど、快感の逃し方を知らない愛菜は、それ以上どうしていいのか分からない。

だから苦しくて、少し怖い。快感の先にある未知の領域を目前にして腰が引けてしまう。

ギュッと閉じた瞼《まぶた》に涙が滲《にじ》む。うっすら開いた唇から忙《せわ》しない息が漏れた。浅い呼吸を続けるのが精一杯だ。

渇いた口内を潤《うるお》そうと、無意識に唇を舐めては引き結ぶ。

「ん、っ」

唾液を吐息と一緒に呑み込むとき、喉《のど》が鳴った。

太腿《ふともも》で挟んだ頭がピクッと跳ねたのはそのときだった。

濡《ぬ》れた花びらに熱い吐息が掛かる。花芯を弄《もてあそ》んでいた宮前の唇がツッとそこから離れた。

しどけなく開いた足の向こうから強い視線を感じて、瞼《まぶた》を恐る恐る開く。

すると彼女をジッと見つめる精悍《せいかん》な顔と目が合った。


……言葉はない。

ただ、その瞳に宿る獰猛《どうもう》さに圧倒された。


視線を逸《そ》らすタイミングを失ったまま、顔が近付いてくる。見つめ合いながらのキスはあっという間に濃密さを増した。

体内を探っていた指が唐突に引き抜かれる。蜜を滴《したた》らせた指が愛菜の頭上に伸びた。いつものように何かの封を切る音がする。その間も激しいキスは止まらない。宮前の舌が我が物顔で口内をかき混ぜる。

彼は一体何にかき立てられたのだろう。何が彼の理性を砕いたのだろう。……愛菜には分からない。荒々しいキスに呼吸まで奪われながら、逞《たくま》しい首筋に腕を回して縋《すが》りつくのが精一杯だ。

程なくして宮前に手首を取られた。

組み敷かれた肢体《したい》がベッドの上で反転する。体勢を変えた拍子にはだけたバスタオルを一気に剥《は》ぎ取られ、後ろから腰を抱かれた。

手指や舌で執拗《しつよう》に弄《いじ》られてぐっしょりと濡れそぼった秘裂に、熱い昂《たか》ぶりが押し当てられる。

続いて狭い体内に押し入る圧迫感に、鋭く息を呑んだ。

「——っ！」

「……っく」

シーツに押し当てた唇から音にならない声が漏《も》れた。……キツい。

粘り気混じりの水音と、快感を堪《こら》えるような短い低音が愛菜の背後で響く。

……宮前の顔が見られないこの体勢が、ほんの少しだけ悔しい。きっと愛菜の後ろでは、滅多に表情を崩さない彼が色っぽく眉根を寄せているのだろう——

睦《むつ》み合いの最中にだけ見られるその顔を脳裏《のうり》に描いた途端、彼を浅く咥《くわ》え込んだそこが甘く疼《うず》いた。

「愛菜っ……」

揺さぶられる度に、硬い屹立《きつりつ》が少しずつ奥へと入ってくる。

ようやく全てを受け入れた頃には、二人とも軽く息が上がっていた。

愛菜の体力はもう残っていない。けれどガクガクと震える太腿とは裏腹に、体内は待ち望んだ刺激に歓喜してキュウキュウと彼を締めつけている。

緩やかに突き上げられた。腰奥から背筋に快感が駆け巡《めぐ》る。

引き寄せた枕を握りしめて、愛菜は声もなく浅い呼吸を繰り返した。

「……っ……！」

律動に合わせて花芯を小刻みに捏《こ》ねられれば、きつく閉じた瞼《まぶた》の裏に火花が散る。

切っ先に深いところを貫かれる度にたゆんと揺れる胸の膨らみが、宮前の手の中で形を変える。

んく、と息を詰めた。腰奥を強く突き上げるタイミングに合わせて、彼は花芯や胸の尖《とが》りへの刺激を強くする。

「……愛菜、こっち向いて」

掠《かす》れた声で呼ばれ、ゆっくりと背後を振り向いた。

腕を取られて背が反る。そのままグッと抱き起こされた。胡坐《あぐら》をかく彼の足の上に座る形になる。

体勢が変わったせいで中を穿《うが》つ猛《たけ》りの角度も変わり、圧迫感がグンと増した。より奥へと挿入される、最奥の扉がこじ開けられそうになる。

「大丈夫か？」

「……平気、です……」

何について問われたか分からないまま、とりあえずコクコクと頷《うなず》いておく。

この状況でも愛菜を気遣う余裕がある彼がある意味恐ろしい。

耳元にフッと息が掛かった。どことなく安堵した気配を感じる。……どうやら、枕に縋《すが》りついてガチガチに固まっていた愛菜を心配してくれたらしい。

繋がったまま、彼に預けた背中を少し傾け、肩越しに唇を重ねる。甘やかすような労《いたわ》るようなキスが心地好い。

「顔……見ながら、続けても良いか？」

返事をする前に太腿《ふともも》を抱えられ、身体をクルリと反転させられた。愛菜は逞《たくま》しい腰を跨《また》いで、座る彼に向き合う。

至近距離から愛菜をジッと見上げる宮前の表情は、普段とほとんど変わらない。でも熱を孕《はら》んだ瞳や愛菜を貫く屹立《きつりつ》が、彼の興奮を証明していた。

愛菜ははぁはぁと息継ぎしながら小さく頷く。今度は自分から彼に触れた。汗で額に張りついた彼の前髪をそっとかき上げて、唇を押し当てる。お返しのように首筋を舐《な》められた。

……それが再開の合図になったらしい。

宮前の熱い掌《てのひら》が細腰を支え、愛菜を軽く持ち上げ――一気に落とした。

「……ッ！」

背筋から脳まで、鋭すぎる快感が駆け抜けた。二度、三度と下から穿たれて、音のない呼吸が口から溢れ出る。

しっとり汗ばむ硬い肌に縋りついた。逞しい肩に爪が食い込む。

「愛菜、っ」

彼の表情が仄《ほの》かに色気を帯びる。少し眉根を寄せ、かすかに目を細めただけ。なのにその視線は火傷《やけど》しそうなほどに熱い。愛菜の腰を砕くには充分すぎる破壊力だった。

艶《つや》めく彼の顔から目を逸《そ》らせない。

繰り返される、噛みつくようなキス。濃密に絡む舌。弾む呼吸に卑猥《ひわい》な水音が混ざり合う。

臀部《でんぶ》を支える大きな手に導かれ、愛菜は宮前の上で乱れに乱れた。律動が激しさを増していく。

強烈な快感に支配されて、もう何がなんだか分からない。

……もう、駄目っ……！

腰を跨《また》ぐ太腿《ふともも》がガクガクと震える。

体内を犯す切っ先が勢い良く最奥を突き上げた。

「——ッ！」

「……ッく……は……」

きつく抱き締められながら、脈動する猛《たけ》りを薄い膜越しに感じる。

それから二人でもつれ込むようにベッドに倒れ込んだ。

9

直接的な接点のない平日と、甘やかされて欲に溺《おぼ》れる週末が交互に過ぎていく。

そんなある火曜日の、午前十時過ぎ。

「安倍、いま手は空くか？」

無心でキーボードに指を走らせていた愛菜の耳に、課長の声が届いた。

ディスプレイから視線を上げて斜め前の席に座る安倍を見やる。

「はい、大丈夫です」

「悪いがちょっと用事を頼まれてくれ。第二資料室だ。詳しい話は宮前から聞いてくれ。……宮前、例のファイル見つけたらあの馬鹿のところにすぐ持っていってやれ。鍵の返却は安倍に任せていい」

その言葉に、思わず上司の席を窺《うかが》った。

――宮前さん。いつから課長のところに来ていたんだろう。五分前？　十分前？　……全然気が付かなかった。

相変わらず感情の見えない彫刻みたいに綺麗《きれい》な顔は、ここに愛菜の存在があることを知っているはずなのにこちらをチラリとも見ようとしない。週末に見せる柔らかい雰囲気を、社内では決して見せてはくれない。

秘された関係を周囲に一切漏《も》らさない。その徹底ぶりがとても彼らしい。漏れかけた溜息をそっと呑み込む。

課長の指示を受けて席を立った安倍と、ふと目が合った。小さく一つ頷《うなず》き、いってらっしゃいと笑顔で軽く手を振ってみせる。

安倍は愛菜の気持ちを知っている。でも、宮前と一緒に第二資料室に行くよう命じたのは課長なのだから、彼女がこちらに遠慮する必要なんてどこにもない。

それに彼から空気のような扱いを受けるのには……もう慣れた。

今さらこの程度でダメージは受けない。

並んで立ち去る二人の後ろ姿に一つ息を吐くと、愛菜はディスプレイに視線を戻した。

しかし——この日はこれだけでは終わらなかった。


いつもの四人で社食のテーブルを囲んだとき、堀田が身を乗り出して仕入れたばかりの噂を披露《ひろう》した。

「……聞いた？　宮前さんって彼女いるらしいよ」

「ほんと？　千沢《ダーリン》さんからそんな話聞いたことない」

「誰情報？」

真野と安倍が早速食いつく。

愛菜は一瞬肩を強張《こわば》らせた。咄嗟《とっさ》に言葉が出てこない。

「秘書課の都筑さん達が昨日見たんだって」

「仕事帰りにデートしてたってこと？」

「みたいね。家電量販店で、二人で仲良く寄り添って冷蔵庫のコーナーにいたらしいよ。同棲を始めるために家電を揃えてるような雰囲気だったって」

安倍がこちらを窺《うかが》い、怪訝《けげん》な表情を浮かべた。無言で顔を強張らせる愛菜を見て、何かを察したのだろう、そのまま口を閉じる。

そんな二人に気付くことなく真野が話を続ける。

「どんな人だろう」

「都筑さんが言うには〝大和撫子《やまとなでしこ》〟。背が高くて大人しそうで、お嬢様っぽい雰囲気の美人らしいよ」

「社内の女の子じゃないみたいだね」

秘書課の都筑は社内の人間の顔を大抵記憶しているほどの情報通だ。そんな彼女が具体的な名前を出さなかったということは、宮前と一緒にいた女性は社外の人なのだろう。

堀田も大きく頷《うなず》いて同意する。

「だね。それにあのお堅い宮前さんが突然主義を変えて『社内恋愛してます』はないでしょ」

「社外にずっと付き合ってる彼女がいたから社内に目が向かなかった、ってことかなぁ」

その後も噂話は続いた。愛菜は何とか表情を取り繕《つくろ》ったものの、気のない相槌《あいづち》を打つのが精一杯だった。

彼に本命がいたことについて『やっぱりね』と納得する自分と、ドロドロと昏《くら》い感情を膨らませる自分とが、心の中でせめぎ合っている。

宮前は社内恋愛をしない――堀田の何気ない一言に胸を抉《えぐ》られた気分だった。

恋人か……

これまで見てきた限り、彼に恋人がいる様子はなかった。それでフリーなのかも、と淡い期待を抱いていたけれど、どうやら楽観的すぎたようだ。

ある程度分かってはいたことだ。

彼のエスコートはどんなときでも自然で場馴れしている感があったし、女性の影は見えなくても『ただ真面目なだけの人じゃない』と感じた場面はいくらでもあった。その理由を『遊び慣れている』とだけ考え、それ以上掘り下げようとしなかったのは愛菜自身だ。

都筑自身、社内でも有名な美人だ。そんな彼女が〝美人〟と評するならば、きっと相当な美女なのだろう。しかも宮前とは同棲を始めるカップルみたいな親密さだったという。

遊び相手の愛菜に対してもあれだけ優しい宮前のことだ。恋人には溢れんばかりの愛を注いでいるんだろう。

……あの部屋から引越しするのかな。

愛菜が誘われるのは週末だけ。ということは、本命の彼女とは平日に逢《あ》っているのかもしれない。きっと本命彼女は土日が仕事で会えないから、宮前は仕方なく愛菜を誘って無聊《ぶりょう》を慰めていたのだ。同棲を始めるのなら、愛菜は近い将来、お払い箱になるだろう――

食欲は全く湧かなかったが、周りに不審に思われないよう、B定食のプレートに載った野菜を無理やりお茶で喉《のど》に流し込んだ。

そうしているうちに、話題は新年度のランチ時間編成へと移っていく。

この会社では社員食堂の混雑を緩和するため、課によって昼の休憩時間を十一時半、正午、そして十二時半からとずらして取ることになっている。

愛菜達四人は同じ課に所属しているので、時間がずれることはない。堀田と真野が気にしているのはそれぞれが想う相手についてだった。

「四月から湖西さんと同じ時間帯にならないかな。そしたら一時間たっぷり目の保養ができるのに」

「もし千沢さんと一緒になったら私、ときどきメンバーから外れるかも。来年度こそは念願のランチデート！」

「真野ちゃんは良いとして……堀田ちゃん、あの熾烈《しれつ》な相席争いに飛び込むつもり？」

「いやぁ、それはちょっと厳しいかな……でも接点はあればあるだけ良し！」

グッと箸《はし》を握りしめた堀田は、勢い良く残りの料理を食べ始めた。


食事を終え、四人で仲良く席を立つ。

コンビニに行くという真野と堀田と別れ、安倍と二人になる。廊下を歩きながら彼女が静かに話を切り出した。

「なかちゃんあのね、さっきの噂なんだけど心配することないよ。一緒にいた人って多分――」

「大丈夫。分かってる」

「え……もしかして宮前さんとそういう話した？」

愛菜はコクリと頷《うなず》いてみせる。

彼からはっきり聞いたわけじゃないけれど、身体の関係しか求められていないことは身に沁みて理解している。彼が他の女性と浮気をしたのではなく、むしろ愛菜の方が浮気相手の位置付けになるのだ。

分かってる。彼女面《かのじょづら》して出すぎた真似はしない。彼から別れを切り出されたら黙って従おう。

元々一度きりで終わるはずだったのだ。ここまで長続きしただけでも僥倖《ぎょうこう》だろう。

「そっか、知ってるんだ。私も午前中に資料室に行ったとき、宮前さんからいきなりその話をされてびっくりしちゃって。それでこの噂なんて、タイミング微妙っていうかさ……」

ハァ、と息を吐いた安倍は、小さく肩を竦《すく》めて苦く笑う。

「ねぇ今晩二人で飲みに行かない？　愚痴《ぐち》に付き合ってよ。すごく飲みたい気分なの」

エレベーターを降りたところで彼女からそう誘われ、一も二もなく頷《うなず》く。

モヤモヤした気持ちを抱えて浮かべた笑みは、自分でも分かるぐらいにぎこちなかった。


数字入力のミスに気が付くこと数回。

さらにはAとSのキーを連続で打ち間違え、愛菜はキーボードから両手を離す。

集中できない。

いつか彼と別れる日が来るとは思っていた。だけど、こんなに急に現実を突きつけられるとは考えておらず、心の整理が追いつかなかった。

大きく息を吐いて席を立ち、気分転換に給湯室へ向かう。

こんなとき宮前に会えたら、なんて思ったけれど、現実にはそんな都合の良い偶然なんてなかなかない。

自分の妄想に苦笑しつつ、コーヒーを入れたカップを手にしてデスクへと戻った。

椅子に腰掛けたところで安倍と目が合う。一瞬のアイコンタクト。二人で同時にニコリと笑えたことで少し気持ちが落ち着いた。

定時を若干過ぎた頃に今日の分の仕事が終わり、安倍と一緒に会社を出る。

外は夕方降った通り雨の影響で、独特の生温《なまぬる》さを残していた。

愛菜が女子会と勘違いした男女合同飲み会があったのは、年末も近くなった寒い時期だった。宮前と湖西を取り違えていたあの頃……間違いに気付いて蒼白《そうはく》になったことも、初めて逢《あ》った店を目指して迷子になりかけたことも鮮明に覚えている。

あの日から三ヶ月近く経ち、朝晩の寒さは緩やかに和らいできた。もう春も近い。

安倍は愛菜を連れて、狭いカウンターとテーブル席がいくつかあるだけの小ぢんまりとした焼き鳥屋に入った。お洒落《しゃれ》で女子力の高い安倍の意外なチョイスに驚きはしたものの、こういった雰囲気の店は宮前に連れられて何度か足を運んでいるので、抵抗は全くない。

注文を終えて早速乾杯した。ビールで喉《のど》を潤《うるお》す間にお通しとサラダが届く。

早い、旨《うま》い、安いの三拍子が揃った店なのだと、正面に座る美女は得意げだ。

一口食べて顔が綻《ほころ》ぶ。確かに美味しい。

ドレッシングが絶妙なサラダを堪能《たんのう》していると、焼き上がった串が次々と運ばれてきた。

「ここの鳥レバーは食べて損はないよ。挑戦して駄目だったら残りは引き受けるから」

「うん……、……あ、食べられるかも。あれ、美味しい……!?」

「ふっふっふー。私もレバー系って苦手なんだけど、ここの鳥レバーだけは平気なの。ときどき無性に食べたくなるのよね。あとラーメンも絶品だよ、シメに食べて帰ろうね」

他愛もないお喋りをしながら、急ピッチでビールを飲み進める安倍につられて、愛菜もジョッキを傾ける。そして――

一時間も経たないうちに二人はすっかり酔っ払っていた。


「じゃーそろそろ愚痴《ぐち》大会を始めましょうかぁ？」

陽気になった安倍が何杯目かのジョッキを片手に切り出す。

「どうぞどうぞー」

「重い話だぞぅ？　覚悟はいいかなぁ？」

「いいぞいいぞー」

二人ともお酒はそこそこ飲める方だ。普段のペースさえ保っていればこんなに早く酔うことはない。なのに現在こういった状態になってしまったのは、今から出す話題がお互い素面《しらふ》では言いにくい内容だからだと察しているせいだろう。

「んん？　なかちゃん先に話す？」

「安倍ちゃんからどうぞどうぞー」

「そっかぁ、なら遠慮なく。あのねー……」

安倍が綺麗《きれい》にネイルを塗った人差し指でジョッキに浮かんだ水滴をなぞる。

「私があの人に出会ったのは、中学三年のときだったの」

……ん？

「受験勉強の気分転換にって一人暮らししている姉さんのところに遊びに行ったとき、たまたま会って紹介されて。彼と目が合った途端、やられたの。恋っていうより衝動みたいな感じかな……『この人は私の運命の相手だ、彼の全部が欲しい』って、一瞬でのめり込んじゃった」

独白を始めた安倍を見ながら、愛菜は串から削《そ》いだモモ肉を箸《はし》で口に運ぶ。

……昼の話の続きかと思っていたので驚いた。彼女が吐き出したい内容って、前にちょっとだけ言っていた過去の恋愛話だったのか。

振り向いてくれない相手とは姉の彼氏のことらしい。

愛菜は梅酒を片手に先を促《うなが》した。身を少し乗り出して聞く態勢を整える。

「彼は姉さんに夢中だったけど、正直関係ないって思った。絶対に姉さんから彼を奪ってみせるって。彼に相応《ふさわ》しい大人の女になりたくて、猛勉強して、自分に似合う服やお化粧の研究して。高校に入学したとき一度目の告白をした。でも彼は姉さんしか見てないの。……悔しかった。姉さんの方はそれほど彼のことを好きじゃないみたいな顔してるのがまた腹立たしくてさ。姉さんに直接言ったこともあったよ、『好きじゃないなら私に譲って』って」

安倍は頬杖をついて遠くを眺める。

「付け入る隙があるって思い込んだのも悪かったんだよね。気持ちが止まらなかった。何度言葉で告白しても駄目だったから、開き直ってもっと積極的に誘惑したこともあった。でもあの人、一回も振り向いてくれなかった。『ごめん、俺が欲しいのは彼女だけだ』って、服を脱いで迫る私から目を逸《そ》らして謝るのよ？　信じられないでしょ」

クスリと笑う顔はどことなく淋しげだ。

過去を思い返して感傷に浸《ひた》る安倍に、愛菜は小さく頷《うなず》いてみせる。

「――そのすぐ後だった。姉さんが大学の構内で怪我をしたの」

「え……」

「あの人の虜《とりこ》になった女は私の他にもたくさんいて、姉さんは相当嫉妬されてたみたい……それでやっと目が覚めたの。自分は、姉さんを怪我させた人達と同類だ、なんて醜《みにく》いんだろう、って気が付いた」

あまりの急展開の話に言葉が出なかった。

そんな愛菜を前にして安倍の話は続く。

「一目惚れしてからの一年間で、一生分の恋愛感情を全部使い切っちゃった。思い返せば内容の濃い一年間だったよ。今はもうすっかり吹っ切れて、私の中で彼は〝手のかかる兄〟みたいな存在かな。姉さんとの仲も応援してる。なんだかんだで姉さんも彼のことが好きなのよね。もう勝手にしてよって感じ。……あの事件からもうすぐ十年かぁ」

月日が流れるのは早いなぁ、などと笑いながら安倍はジョッキを傾けた。

「ふふっ……会社の女の子達が見たら泡吹いて倒れるんじゃないかな、姉さんと一緒にいるときのあの人ってデレッデレなのよね。家の中と外じゃまるっきり別人。でね、彼が最近機嫌が良いのは、父が結婚を認めたからだと思う。でも入籍した程度であの人に群がる女が減るとは思えないのよねぇ」

「……」

「そういえば私が入社したとき、『花緒理ちゃん、初対面のフリして俺を監視しててよ。どんな環境にいても俺の心が揺らがないことを君の姉さんと親父さんに伝えてほしい』とか言って私に頭下げたのよ、彼。今でも飲み会があると見張り役兼、女の子達からの防波堤《ぼうはてい》代わりに駆り出されるし。……どうしたの？　あ、話長かった？」

愛菜は小首を傾《かし》げる彼女を前に、ただ瞬《まばた》きを繰り返していた。聞かせてもらった話があまりに波乱万丈で、アルコールの入った頭ではなかなか理解が追いつかない。

愛菜が唸《うな》っていると、安倍がビールと梅酒を追加注文した。ジョッキが届くとその中身はぐんぐん減っていく。

「……ま、そんなわけでお昼の話に戻るんだけど。昨日宮前さんと一緒にいたのは姉さんで間違いないって。さっき姉さん本人に聞いて裏も取れたし。新居に置く家電の相談に乗ってもらったんだって」

「うん……？」

ほんのり上気した顔をコテンと傾けた。……話の繋がりが見えない。

「だからヤキモチ焼かなくても大丈夫って話よ」

「え？　……うん。そんなことしないよ」

――宮前の隣に立つ女性が誰であっても、愛菜に嫉妬する権利なんてないのだから。

「えっ……権利って何それ。宮前さんから聞いてるんでしょ？　ランチの後に『分かってる』って言ってたじゃない」

頭に過《よ》ぎったネガティブな思考が口から漏《も》れていたらしい。聞き咎《とが》められて口を噤《つぐ》んだ。

焼き鳥の香ばしい匂いの漂う賑《にぎ》やかな店内で、二人の間にだけ沈黙が落ちる。

愛菜は、眉根を寄せてこちらを窺《うかが》う安倍からフイと目を逸《そ》らした。そして白いおしぼりを手慰《てなぐさ》みにつつきながら、酔いの回った頭で一生懸命考える。

そしてようやく腑《ふ》に落ちた。

「ああ、そういうことか」

どうやらまた勘違いしていたみたいだ。

今のは宮前と安倍姉の馴れ初め話だったのか。

そんなに深いところで繋がってる相手がいるのなら、ぽっと出の愛菜なんて最初から必要なかったんだ。

失恋に決定打を打たれて視界がグラつく。無性に喉《のど》が渇いて、梅酒のグラスを口に運ぶ。

「理解できた？」

「うん。そっか……知らなかった。宮前さんにそんな過去があったなんて」

「……は？」

安倍が大袈裟《おおげさ》な仕草で頭を抱えた。

「ちょっと待って、なかちゃん」

「ん」

「えー、あー……うん。分からないわ。なかちゃんの酔っ払った頭の中では一体何がどう繋がったのよ……」

安倍は珍しく途方に暮れた様子で言う。

愛菜は半分以上あった梅酒を一気に呷《あお》った。その勢いのまま、グラスをテーブルにダンッと叩きつける。

「だぁから……宮前さんと安倍ちゃんのお姉さんは十年越しの愛を育《はぐく》んでるから、私はさっさとセフレ辞めて退場しろってことでしょ!?」

「はあっ!?」

「分かってる。最初からそういう関係だって分かった上で今まで過ごしてきたんだもん！　いつか身を引くべきだって思ってた。けどまさか私と知り合う前から本命彼女がいたとはさすがに予想外でショック……」

「ちょ、ストーップ！」

捲《まく》し立てた愛菜を制してから、安倍もジョッキを傾ける。ゴクゴクとビールを喉に流し込み、愛菜をヒタリと見据《みす》えた。……その目が据わっているように見えるのは気のせいか。

いや気のせいじゃない。正直かなり怖い。

梅酒を飲んで気持ちを奮い立たせたつもりだったが、愛菜の威勢はヘナヘナと萎《しぼ》んでいく。

「とりあえず、なかちゃんの頭の中は宮前さん一色だっていうのは理解した。で、話を戻そうか。……昨日姉さんと宮前さんが家電量販店にいたのは本当。ここまではいい？」

「う、うん」

「今日の午前中、課長に言われて第二資料室に行ったとき、宮前さんから『おめでとう』って言われた。宮前さん、姉さんと同じN学出身なんだって。中高一貫の学校。一歳上の姉さんとは剣道部で五年間一緒だったから、よく知ってるそうなの。それで婚約話は少し前に〝あの人〟から聞いてたらしいんだけど、婚約相手が姉さんってことは最近知ったんだって。もうすぐ私が〝あの人〟の義理の妹になることもね」

「……」

「さてここで問題です。あの人とは一体誰でしょう」

美人のジト目の迫力は半端ない。眼力に押されて愛菜はゴクリと喉《のど》を上下させながらも答えた。

「……だ、だれ……？」

「湖西寛之《ひろゆき》！　そこに立ってるだけで周りの女の子達にフェロモン・パンデミック起こすような男が何人もいて堪《たま》るかぁ！」

「湖西さんって下の名前、寛之っていうんだ……」

「そこに食いつくな、話が逸《そ》れる！」

「ていうか安倍ちゃん、やっぱり湖西さんのこと好きなんだね。あ、でも過去形？」

「うるさいうるさい！　今はその辺のことはどうでもいいの！」

愛菜を一喝した安倍は一転盛大な溜息を吐き、テーブルに突っ伏した。

「聞いたでしょ、『そういう話した？』って……なかちゃんが頷《うなず》くから、姉さんと寛之さんの結婚話を知ってるんだと思った……だから昔話したのにぃ……」

「ごめん……」

「寛之さんが結婚すること、本人が周りに言うまで誰にもバラさないでよ。それから、そっちも包み隠さず話すなら許す」

「話すって」

「セフレってどういうことよ」

直球な質問に顔が引き攣《つ》った。

こちらをジッと見つめる安倍の目に、手加減の色はない。

再び二人の間に沈黙が落ちる。

——最初に逆ナンした日から数えて約三ヶ月。その間、誰にも言えなかった彼との関係。

安倍だけになら話してもいいだろうか。

狙ったわけじゃないけれど、結果として彼女の秘密を知ってしまったし、ここまできて隠すのもなんだか気が引ける。

「……そのままの意味」

アルコールの力を借りれば、打ち明けられるかもしれない。

グラスに残った氷の塊《かたまり》をカラカラと鳴らしながら、愛菜は意を決して口を開いた。

「前にもちょっと話したよね、最初の接点のこと。あれってもう少し詳しく言うと……、……私が宮前さんを、誘ったの。ホテルに」

「ぶっ」

むせかけた安倍が慌てておしぼりに手を伸ばした。

「何やってんのよ、そんなキャラじゃないでしょ！」

「や、理由は聞かないで……！」

愛菜はぎゅっと目を瞑《つむ》りながら続ける。

「……宮前さんは私のこと知らなかったから、初対面の赤の他人のふりしてその夜は別れたんだけど、次の金曜に会社で見つかって」

「……あの謝罪事件の日ね」

「うん……夜ご飯食べに行った。帰りに連絡先の交換して、それからほとんど毎週、会って、……してる」

「なら恋人でしょ？」

安倍の言葉にブンブンと首を振る。すると頭がクラッとしたので、冷えた指で左右のこめかみを押さえて俯《うつむ》いた。

そのまま身体だけの関係だと思う理由を、思いつくままにポツポツと挙げていく。

週末の夜にしか逢《あ》ってくれないこと。

素っ気ないメールの文面。

逢ってすることといえば食事とセックスだけで、デートは一度もしてくれたことがないこと。

会社では関係を秘密にしたいと言われたこと。

これは安倍も実際見て知っているだろう。宮前と愛菜は社内で一切会話をしない。そもそも二人は仕事上では直接的な関わりがないのだから、当然と言えば当然なのだけれど。

「……あと、ね……宮前さんってすごくリードが上手なの。女の子の扱いに慣れてる。だから週末に二人でいると、恋人みたいって勘違いしちゃいそうになるんだけど、平日になると現実を突きつけられるの……その落差がちょっとキツい、かな……」

それで今日、堀田から噂話を聞いたとき、彼は平日に本命彼女とデートして、週末は愛菜で暇潰しをしているのかもと思った。

――ここまで吐き出して、テーブルに突っ伏す。

安倍は腕を組んで唸《うな》った。

「宮前さん、女にだらしないようには見えないけどなぁ。会社で素っ気ないのは何か考えがあるからじゃないの？」

「分からない……でも好きだって言われたことないし、交際を申し込まれたこともないんだよ？『これからも逢おう』って持ちかけられただけで」

「その言葉が『付き合って』の意味だったとか」

愛菜は力なく首を振って安倍の言葉を否定する。我ながら情けないけれど、そこまで前向きに考えられない。

「じゃあ本人に直接ぶつけてみたらいいじゃない」

「でも嫌われるの怖い……ウザいなんて思われたら」

「だぁぁ思い込みすぎ！　でもでもって一人で悩んでいたって何も解決しないでしょうが。恋愛は二人の問題なんだからっ！」

顔を上げた途端に一喝され、ビクッと身体が強張《こわば》った。

いつの間に注文したのか、安倍は追加で運ばれてきたジョッキを店員の手から奪うと、瞬《また》く間に飲み干した。その男気溢れる飲みっぷりも、大声で怒鳴る姿も愛菜にとっては衝撃的《しょうげき》だ。

大人で落ち着いた雰囲気を崩したことのない安倍ちゃんが……壊れた。飲みすぎて壊れた……っ!?

「あの……安倍ちゃん」

「バッカじゃないの!?　バッカじゃないの!?　何その〝不幸な私カワイソー〟って態度！」

「……そ、そんなことない。幸せは感じてるよ、すごく優しくしてくれるから。夢見ちゃう私が欲張りなだけで」

「黙れこのウザ子！　アンタのその態度がウザいって言ってんの。しかもセフレで幸せとかどれだけハードル低いのよ！　もう信じられない、仕事はそつなくこなすしっかり者のくせに、恋愛はヘタレ奥手のマイナス思考か！　……あの野郎もうちの子に何してくれてんのよ……ッ！」

言い放った安倍はブツブツ呟《つぶや》きながら自分のバッグを漁《あさ》り始めた。そしてスマホを取り出し、誰かに連絡し始める。そんな彼女をぼんやり眺めつつ、愛菜は力なく背もたれに沈んだ。

安倍にメッタメタに切り刻まれて、自力で座っていられる余力がない。

……宮前のことが好きだ。

だからこそ追及はしたくない。好意を押しつけて彼に引かれたらと思うと、何も言えなかった。

愛菜がドライな関係だと割り切ってさえいれば、このままの関係が続くだろう。けれど彼の恋人になりたいなんて口にしたら、途端に彼に嫌われてしまいそうだ。

「でも好き……」

グラスの中の溶け始めた氷に向かってポツリと零《こぼ》す。

「なら突撃あるのみよ」

愛菜の独り言に安倍が答える。

「好きなんでしょ？」

スマホをテーブルの上に置いた安倍は、一転トーンダウンしている。聞き慣れたソプラノの声が、愛菜の中にじんわり染みこんできた。

「……うん」

「なら自分が惚れた相手を信じようよ。なかちゃんはそんなに不誠実な人を好きになったの？『自分の他に本命の彼女がいる』とか『恋人と勘違いしそうになる』とかさあ……宮前さんが真面目になかちゃんと付き合ってるつもりだったら、彼に相当失礼なんだって分かってる？」

「……」

「なかちゃんが心を開かないから相手の気持ちが曇《くも》って見えるの。信じる努力と幸せになる努力は惜しんじゃ駄目」

話し合いなさい――

そう締め括《くく》った安倍に、愛菜はぎこちなく笑みを作ってみせる。

許されるのなら……好きだと言ってみたい。真正面から彼の目を見て、心を込めて言ってみたい。

でもそんな日はきっと来ない。愛菜の愛は〝重い〟らしいから、優しい宮前でもきっと持て余すだろう。

再び瞼《まぶた》を閉じた。

揺らぐ思考の狭間《はざま》に、過去の記憶が浮かんでは消えていく。

――大学時代に付き合った元彼は、最初にはっきりと告白をして、交際を申し込んでくれた。

愛菜はその容姿に惹かれ、さらには初めての告白に浮かれて、彼の内面を全く知らないままイエスの返事をした。

彼はかなりモテたけれど、しばらくの間は愛菜も〝彼の一番は私〟と胸を張っていられたし、彼に対して素直に好意を持ち続けることができた。

彼に疑問を感じた切っ掛けは、浮気の発覚だ。

もちろん愛菜はすぐに彼を問い詰めた。彼は素直に謝ってくれてアッサリと仲直りし……そして舌の根も乾かぬうちに裏切りを繰り返した。

そのたびに追及する愛菜の心は次第に疲れ、そして何回目かの浮気発覚の際に彼を問い詰めたとき――キレた彼に言葉の刃《やいば》で斬りつけられた。

『はぁ？　彼女面《かのじょづら》するのやめてくれない？　お前みたいなつまんない女、相手《キープ》してもらえるだけでもありがたく思えよ』

愛菜は彼にとって遊び相手の一人でしかなかったと知った。恋人ごっこを本気にしていたのは愛菜だけだった。

そんな風に心を深く抉《えぐ》られても、愛菜は彼との不毛な関係をダラダラと続けた。それは彼に気持ちが残っていたからだ。

付き合い始めた当初によく見せてくれた屈託のない笑顔が好きだった。愛菜がもっと尽くせば彼も真面目に向き合ってくれるんじゃないかと、かすかな希望を抱いて彼に尽くした。

だが努力は報われることなく、やがて彼との関係も自然消滅して。

残ったのは区切りをつけそこねた恋心と、〝不感症でセックスが下手〟との烙印《らくいん》だけだった――

出会いから別れまでの情景が、朧気《おぼろげ》に、ときには鮮やかな生々しさをもって瞼の裏に映し出されていく。

振り返って思うことは、彼に全ての非があったわけじゃないということ。

愛菜も悪いところがいくつもあった。飽きられていると知りながら未練タラタラで彼に縋《すが》ったのは……自分で掘った泥沼に飛び込んで不幸に酔いたかったからかもしれない。

辛いと思った時点で別れを切り出したなら、また違った結末になっただろう。

では、今は……？

宮前の口から直接『遊び』だと言われたことはない。こちらが彼の態度を深読みして、傷つかないように予防線を張って、一線引いているだけ。

けれどこのままで良いの？

近い将来どうせ振られるなら、言いたいことは全部言い切った方がわだかまりを残さず終われそうな気もする。

でも……やっぱり自分の気持ちを告げるのは怖い。告白が引き金となって全てが終わったらと思うと怖くて堪《たま》らない。

失恋なんてしたくない。

決定的な別れを回避するために曖昧《あいまい》な関係を続ける女の子なんて、世の中には少なからずいるだろう。やっぱり現状維持が一番なんじゃ……。……いや、駄目だ。それでは過去の繰り返しにしかならない。

言う？　言わない？　尋ねる？　黙ってる？

……頭が痛い。

心はどちらにも傾き切れない天秤《てんびん》のようにグラグラと揺れ続けた。

どれくらいそうしていたのだろう。

「――ほら、いつまでもウジウジダラダラしてんじゃないの。酔うなら可哀想な自分にじゃなくて、楽しいお酒と好きな人との幸せに酔いなさい。行くわよ」

呼びかけられて愛菜が正面に座る安倍を見たとき、彼女の傍らにもう一人いることに気付いた。ニコリと微笑む端整な顔を、もう他の人と取り違えることはない。

「立てそう？　送るよ」

「湖西さん……」

いつからそこにいたんだろう。

戸惑いつつ彼を見上げる。酔いに任せて感傷に浸《ひた》っている間に何があったのか。

そんな愛菜の頭の中を読んだのだろう、安倍がへらりと笑って肩を竦《すく》めた。

「今日はガッツリ飲むつもりでいたでしょ。だから迎えを頼んでおいたの。改めて紹介します。こちら、来月私の義理の兄になる湖西寛之さん」

「はあ……どうも、中戸です……」

条件反射で会釈《えしゃく》しながらも、またもや戸惑ってしまう。

姉の夫になる人を足代わりにしていいのか安倍ちゃん……

すると湖西が口ごもる愛菜に笑顔を向けた。

「気にしなくていいよ。日頃の借りを返しているだけだからさ。それに酔った女の子だけで夜道を歩かせるのは心配だしね」

少し迷ったけれど、素直に厚意に甘えることにして頭を下げた。

視界が揺れている。お酒の量自体はそれほど多くはなかったけれど、短時間で飲み切ったことと最後の一気飲みが響いているのかもしれない。

安倍に手を引かれ、ヨタヨタと店を出た。未だに湿気の残る夜空の下を、近くのパーキングまで歩く。

「それで送り先は宮前のところで決まり？」

「えっ」

「決まり。残業だったとしても私達が着く頃には家に帰ってるでしょ」

「ああそれは大丈夫、確認した。今から出発すればちょうど家に着く頃に合流できるんじゃないかな。……なぁもしかして、あいつの家に行くって彼女の意思じゃないだろ」

「え、と……」

「中戸さん、何かあった？　昼間の噂のことならあいつは気にしてなさそうだったけど」

当の愛菜そっちのけで話を進める安倍に、湖西は困り顔だ。

「君の自宅の方に送っても全然構わないよ？　この子のことは気にしないで。泥酔すると直情型《イノシシ》になるのは昔からだから」

「勢いがついてる今行くべきなの！」

「花緒理ちゃん、酔っ払いは少し黙ろうな、俺は中戸さんの気持ちを聞いてるの。……どうする？」

キッパリ言い切った安倍をいなして、湖西が後部座席を覗き込む。

隣に座る安倍にきゅっと手を握られた。――温かい。

正直、あまりの急展開に頭が付いていってはいない。それでも彼女が愛菜を心から応援してくれている気持ちだけは、はっきりと伝わってくる。

グルグル回る頭に安倍の手の温かみが伝わって、少しずつ勇気が湧いてくる気がした。

突然の訪問は迷惑じゃないかと躊躇《ためら》う自分もいるけれど、酒の勢いを借りて宮前に突撃したい気持ちもほんのわずかながら顔を出してきた。

愛菜は意を決して口を開いた。

「宮前さんのマンションに……お願いします」

一つ頷《うなず》いた湖西がステアリングを握る。

三人を乗せた車は滑らかに路上を走り始めた。


「……寛之さん、私のいないところでこの子に近寄っちゃ駄目よ。もしお姉様方の目に留まったらあっという間に潰されちゃうから。私と違って」

「分かってるよ」

後部座席で愛菜と並んでいた安倍が、何故か湖西を威嚇《いかく》している。湖西は運転席から苦笑気味に答えた。

愛菜は隣に安倍の柔らかい体温を感じながら、窓の外に目を向ける。……落ち着け。今さら緊張してどうするんだ。

ドクドクと騒ぎ始めた心臓を宥《なだ》めるように、静かな深呼吸を繰り返す。

やがて見慣れたマンションの前に車が止まった。

安倍が後部座席から愛菜を引っ張り出し、熱く抱擁《ほうよう》する。二人とも足元が覚束《おぼつか》なかったのでフラついたものの、愛菜も安倍を抱き締め返した。

「よし、突撃してきなさい、中戸隊員！」

「隊員って」

「『中戸愛菜を強気な姿勢で見守り隊』よ」

「それで私が隊員って意味分からないよ。……ねえ安倍ちゃん、当たって砕けたら……やけ酒に付き合ってくれる？」

「大丈夫だって。どーんとぶつかっておいで」

泣きそうになりながらも笑う愛菜から、安倍の優しい温もりが離れた。

飲み代は明日徴収《ちょうしゅう》ね、と言い残して、安倍が助手席に乗り込む。愛菜は運転席の湖西に向かって頭を下げた。

湖西が笑顔でチョイチョイと愛菜の背後を指差す。振り返ると、スマホを手にこちらに駆け寄る宮前の姿があった。湖西が帰宅済みだった彼を呼び出したようだ。

静かに走り始めた車のテールランプが視界から消えるまで見送って――愛菜は宮前が差し出した手に己《おのれ》の手を乗せた。

10

すっかり通い慣れたとはいえ、未だに一人で辿《たど》り着く自信のない、彼の部屋。

訪ねるのは週末ばかりだったので、平日に来たのは初めてだ。

室内に足を踏み入れると、いつもと変わらない雰囲気だったので、少しだけホッとした。

一度湧いた〝平日は本命彼女とデート〟疑惑が胸の奥にくすぶっているのだろう。部屋に女性の影がないか、チラチラ窺《うかが》ってしまう。ロボット掃除機の円《まる》いフォルムを見ても、いつものようには癒《い》やされなかった。

「ウコン飲む？」

「大丈夫です。居酒屋に行く前にも飲みましたし、さっきもコンビニで買って飲みました」

ソファに座る愛菜の隣に宮前が腰を下ろす。抱き寄せられて上体が傾いた。

「……すみません、お仕事で疲れてるのに押し掛けてしまって」

「いいよ。安倍さんと飲みに行って湖西にここまで送ってもらったのなら、昼間の噂の真相も聞いたんだろう？」

彼の肩口に頭を乗せて瞼《まぶた》を閉じると、近くでシュルッと軽い衣擦《きぬず》れの音がした。ネクタイを解《ほど》いた音だろうか。そういえば彼はまだスーツ姿だった。

「前にさ……婚約した友人に何か贈りたいって話したの、覚えてるか」

コクンと頷《うなず》いた。

初めて彼の部屋を訪ねた日だったか——どんな物をプレゼントしたら喜ぶかと軽い感じで相談されて、仲の良い相手なら本人に直接尋ねてみては、と答えた覚えがある。

愛菜の提案に、それもそうかと納得した宮前は、湖西に直接尋ねたらしい。そのとき初めて、彼の相手が高校時代に仲の良かった自分の先輩だということを知ったのだという。

彼らが結婚後の新居に置く家電を探しているというので、何かプレゼントしようと、宮前も一緒に家電量販店に行くことにした。それが昨日だったらしい。

都筑達に目撃されたのは宮前と安倍の姉だけだったようだが、その場には湖西もいたそうだ。もしかしたら彼女達の姿にいち早く気付いた湖西が、その場から離れたのかもしれない。彼も一緒に目撃されていたら、噂はもっとすごいものになっていただろう。

不安にさせて悪かった、と言って、宮前が優しく髪を撫《な》でてくれた。

「宮前さん、剣道部だったんですね」

「ああ」

「……モテました？」

「いや、女っ気は全然なかったな。汗臭い男同士でつるんでた。――さて」

宮前は立ち上がり、上着を脱ぎながら寝室に向かった。程なくして、ハンガーを手にリビングへと戻ってきた。

「着替え、何着か置いてあって良かったな」

そう言うと愛菜のジャケットを手早く脱がせ、ハンガーに掛ける。続いてブラウスの裾に手を伸ばしてきたので、愛菜は慌てて制止した。

色っぽい雰囲気はないから、純粋に着替えさせようとしてくれたのだろう。

でも駄目だ、ここでシャワーを浴びたり着替えたりして間を置いたら、酔いが醒《さ》めて、突撃する意気込みが挫《くじ》けてしまう。

ワイシャツからチラリと覗く彼の素肌にドキッとして、思わず目を逸《そ》らした。ただでさえ緊張してドキドキしていているのに、色気まで浴びせられては堪《たま》らない。

「あの……」

いきなりセフレから恋人にしてほしいなどと切り出す勇気はさすがにない。もう少し当たり障りのない話から始めたいのだが、咄嗟《とっさ》には思い浮かばなかった。愛菜はどんどん焦ってきた。

「話がしたくて……じゃない、我儘《わがまま》を言ってみたいと言いますか……あ、でも無理なら無理って言ってください、私も叶えてもらえるとは思ってないっていうか」

「何？」

唐突におろおろし始めた愛菜を、宮前は静かに見つめている。その視線が、まるで出来の悪い生徒を見守る教師のようで、妙な気恥ずかしさを感じた。

「……迷惑じゃなかったら、会社でもお喋りしたいなって。秘密にするって約束したんですけど、その……」

「嫌じゃないか？」

「……ですよね……」

即答されて、ズゥンと項垂《うなだ》れてしまった。彼は愛菜の頭に手を置く。

「違う。愛菜が嫌じゃないかって意味。いつだったか就業中に俺が飯に誘ったとき、騒ぎになっただろう。お前、困ったって話してたじゃないか」

湖西と行動を共にすることの多い宮前は、良くも悪くも注目されやすい。湖西本人の場合と違い、宮前の恋人と噂されたとしても僻《ひが》みの対象にはならないだろうが、それでも物珍しさに騒ぐ人間は出てくるだろう――そう考えて愛菜と距離を置いていたのだと淀《よど》みなく告げられ、その冷静さに逆に戸惑ってしまう。

「宮前さんは良いんですか」

「仕事中にプライベートな話を持ち出して騒ぐ奴の相手は面倒だが、噂されること自体は別に」

宮前は愛菜を胸元に抱き寄せ、その黒髪に頰を滑らせた。前髪にふっと息が掛かる。

「……いや、今日みたいな妙な噂を立てられるぐらいなら、明言した方が楽かもな。バラすか？　ゴシップ好きな奴らの標的になるのは、無愛想な俺よりお前の方だろうから、そこが一番心配なんだが」

彼は長い指に愛菜の髪をくるくると巻きつけては解《ほど》く。彼の様子は普段通りで、今言ったことは本心であることが見て取れた。

彼に初めて社内で声をかけられた日、課長まで出張る騒ぎになったことを思い出す。

それに、皆から好奇心に満ちた不躾《ぶしつけ》な視線をぶつけられ、『いたたまれなかった』と冗談混じりに彼に話した覚えもある。

だが愛菜は、あまりにあっさり提案してきた宮前に、どう反応していいのか分からない。

〝秘すべき関係だから〟ではなく〝面倒を避けるため〟に、彼は社内で自分と接点を持たなかったという。しかも、それが愛菜を配慮しての行動だったなんて、思いもしなかった。

困惑ばかりが先行して唇が動かない。

でも……そっか。そうだったんだ。

後ろ向きに考えすぎていたのかもしれない。彼の考えを初めて知ったことで、緊張で冷えた指先に少しずつ血が通い始めた気がした。

「我儘《わがまま》って、会社で喋りたいってことだけ？」

宮前が問いかけてくる。

「……そう、ですね……」

「他にもあるならどうぞ」

ただし、叶えられるかどうかは聞いてからでないと分からないが、と続ける宮前は、どことなく楽しそうだ。

彼のリラックスした様子に、愛菜の肩の力も抜けていく。胸の奥でずっとモヤモヤしていたものが、少し薄れてきたみたいだ。

心が軽くなったら、ふとある願い事を思いついた。

……良い考えかも。何だか嬉しくなって、よく吟味《ぎんみ》しないままそれを舌にのせる。

「私、もうすぐ誕生日なんです」

「……知らなかった」

無表情だった宮前が、わずかに目を見開いた。酔いが醒《さ》め切っていない愛菜は、うきうきと調子づいていく。

「欲しい物のリクエストなら、我儘《わがまま》とはいわないぞ？」

「物じゃなくてですね、……その日一日だけのごっこ遊びでいいので、普通にお付き合いしてる恋人みたいなデートがしたいな、なんて……」

髪を柔らかく梳《す》いていた指がピクリと震え、動きが止まった。

リビングに沈黙が落ちる。

――不意に、得体のしれない違和感を覚えた。

隣を見上げる。

こちらを見下ろす宮前の顔色は普段と変わらない。けれど、二人きりの時間特有の甘い雰囲気は鳴りを潜《ひそ》め、どことなく硬質な気配が醸《かも》し出されている。

「どういう意味」

――愛菜はそこでようやく自分が何か失言したのだと気付いた。

言葉もなく見つめ合う。

二人の間を流れる空気が、じわじわと温度を下げ始めていた。

「『みたい』って……なら今までの俺達って何」

「……」

「連絡取って待ち合わせして、二人きりで何度も逢《あ》ってる上にやることやって、ただの友達なのか？」

彼の声音が不穏な色に染まり始める。

「……そうか。ただ発散するためだけの相手だったとはな」

「っ、違います！」

「今お前が言ったのはそういう意味だろう」

浮き立っていた心が、一瞬で谷底まで叩き落とされた。

慌てて否定したが、一度出てしまった言葉をなかったことにはできない。それでもどうにかこの場を凌《しの》ぎたくて、愛菜は血の気の引いた頭から必死に言葉を絞り出す。

「そうじゃなくて、だから、だって、私との関係は会社で秘密だって」

「理由はさっき言った通りだ。余計な気苦労をさせたくなかった」

「っ、それに、週末の夜しか逢う約束しないじゃないですか」

「平日だと次の日も仕事だから時間が限られるし、落ち着かない。週末なら、通勤ルートから離れた場所に食事に行っても、その後ゆっくりできるだろう」

「……メール、挨拶と用件だけで」

「あれ以上の文面が思いつかないだけだ」

宮前はどこまでも淡々と答える。

「他には」

「デート……一回もしたことないです。二人きりで逢うようになってからも、一度も……」

「食事に行くのはデートにならないか？　次の日に外出しないのは、お前がベッドから出てこないからで」

「それは宮前さんがっ……！」

「あー……いつもなかなか離せないのは悪いと思ってる。でも愛菜だって具体的にどこかに行こうって提案したことないだろう」

……言われてみれば確かにその通りだ。愛菜はいつも黙っていた。宮前に遠慮して、自分の希望を口にできなかった。

宮前の言うことはもっともだと思う。普段の愛菜なら、彼の発言を一つ一つ、ゆっくりとでも呑み込むことができただろう。けれど今はその余裕がなかった。彼の返答を受け止めるどころか、内に溜まっていた感情を次から次へと吐き出していく。

「……私のこと、好きですか？」

「俺はずっと態度で示してきたつもりだが」

「でも言葉にして言ってくれたこと、ない」

「それこそお互い様だ」

「っ」

彼の表情が滅多に動かないことはよく知っているのに、全く動じる様子のない宮前が冷たく感じられ、直視できない。

頭がグラグラする。強く握りしめた両手が白くなっていた。

「私が全部悪いんですか」

……こんなの駄目だ。逆ギレして彼を詰《なじ》るなんて見苦しい。

今夜こうして逢《あ》いに来たのは、こんな喧嘩《けんか》じみた言い合いをするためじゃない。詰りたくなんてない。落ち着いた話し合いの場を設けて、彼の気持ちを教えてもらいたかっただけだ。

なのに彼が冷静に答えれば答えるほど、心は昂《たかぶ》っていく。

胸の中で『もう止めろ』と叫ぶ自分がいるのに、言葉が後から後から口をついて出る。汚い女の醜態《しゅうたい》を、好きな人の前で曝《さら》け出してしまう。

「週末の夜はすごく優しいのに会社では無視するみたいに素っ気なくて、だから一人で悩んでぐるぐるして、勝手に不安がってた私が全部悪いんですか……!?」

「……」

「部屋で一人になると、次の週末は誘ってもらえるかなって考えてしまって落ち着かないんです。いつまでこの関係を続けてくれるんだろうって不安になる。でも身体だけでも求められるなら幸せだって自分に言い聞かせたりして……宮前さんに恋人がいなければいいのになんて身勝手なこと願って」

「……なるほどね。そんな風に考えてたのか」

低い声にハッとした。

息を呑んだ愛菜から、彼の温もりが離れていく。

見れば宮前がソファから立ち上がっていた。その表情は窺《うかが》えない。顔を隠すように逸《そ》らされて、心臓が凍りついた。

「知らなかったよ。身体だけの関係な上に、恋人がいても平気で他の子と浮気できる『不誠実な最低男』に見えてたんだな、俺」

「――！」

「……少し頭冷やしてくる。先に寝てて」

宮前は振り向かずにリビングから出ていった。

玄関の扉が開閉する音がかすかに届く。

残ったのは痛いほどの静寂。

広い部屋にポツンと取り残された愛菜は、呆然とするあまり指一本動かすことができない。

足元から震えが這い上ってくる。

後悔してももう遅い。遅すぎる。

宮前は出ていってしまった。顔も見たくないという意思表示だろう。

……でもここは彼の家だ。彼が出ていって愛菜が部屋に残っているこの状況はおかしい。彼に戻ってきてもらって、自分は自宅に帰るべきだろう。

そうは思ったものの、鍵がないから部屋を空けられない。

バッグからスマホを取り出し、彼の番号を表示させる。

――けれど、指が震えて通話ボタンを押すことができなかった。

宮前は自らの意思で外に出た。

……この期《ご》に及んで彼の気持ちを自分の都合で仕切ろうというのか。

愛菜はそんな自分を嫌悪する。

それに声を聞いたら、また彼を詰《なじ》ってしまうかもしれない。そう思うと、電話しようという気持もあっという間に挫《くじ》けてしまう。

膝の上にスマホを置き、両手で顔を覆《おお》った。

……泣くな。彼を傷つけたのは自分の方なんだ。

涙が浮かんでジワリと熱くなった目をきつく閉じる。

心の中は後悔と自責の念で荒れ狂っていた。


——どのくらいそうしていたのだろう。

離れた場所でカチャリと金属音が鳴った。

バッと顔を上げ、リビングから玄関に通じる扉を食い入るように見つめる。

ドアを開けて宮前が入ってくる。彼は暗い顔でチラリと愛菜を見やると寝室へと足を進めた。

「……宮前さん、あの」

彼の背中から無言の拒絶を感じて、それ以上の言葉が出てこない。まるで二人の間に透明な壁が立ちはだかっているようだ。

オロオロと見守る愛菜の前を素通りした宮前が、寝室からブランケットと目覚まし時計を手に出てきた。そして真っ直ぐ愛菜の座るソファまで歩み寄り、その手を握って立ち上がらせると、寝室へと導く。

扉を閉める直前、彼は愛菜の肩に軽く額を載せる。

「悪いんだけど今はまだ落ち着いて話せる気がしない。でもこの部屋から帰したくもないんだ。もしこのまま離れたら俺達……」

重い溜息がブラウスの表面を撫《な》でた。

至近距離にいるのにこちらから彼に触れることは憚《はばか》られて、愛菜は両手を下ろしたまま、彼のわずかな温もりを噛み締める。

「俺はソファで寝るから、お前はベッドを使ってくれ。明日の朝また改めて話をしよう。シャワー浴びるなら朝使って。少し早めに起こすよ」

肩から彼の重みが消えていく。

扉が完全に閉まっても、寝室にポツンと残された愛菜はその場から動けない。

宮前とは最後まで目線が重なることはなかった。


照明を点ける気にはなれず、常夜灯だけが灯《とも》る仄暗《ほのぐら》い室内をヨロヨロと歩く。

そっと腰掛けたベッドは、よく知る温もりがないせいでひどく冷たく感じた。

ベッドに残る彼のかすかな匂いに、切なさや後悔が募《つの》ってくる。

安倍はきっと、恋人関係にある愛菜と宮前が軽いすれ違いをしているため、仲直りさせようと思って、愛菜をここに送り出してくれたのだろう。

でも自分の意図は微妙に違った。そもそも愛菜は、先ほど宮前の口から彼の気持ちを聞くまで、彼と恋人関係だとは思っていなかったのだ。だから今夜は彼にスッパリと振られるか、それとも別の扱いを……セフレから恋人に昇格できるかを賭《か》けての訪問のつもりだった。

〝セフレにされて一番嫌なことは彼女面《かのじょづら》されることだ〟と元彼に叩きこまれた愛菜は、恋人らしい愛情表現を求めれば相手の気持ちが離れていくことを知っている。

だから宮前に対しても、断られるのを承知で「会社でもお喋りしたい」と告げてみたのだ。

――本当は嫌われたくなかったくせに。

無意識に感じていた彼からの好意の上に胡座《あぐら》をかいて。

そして結果は――我儘《わがまま》を言うなと叱られるどころか、サラリと許容されてしまった。

宮前は、思っていたよりはるかに愛菜のことを大事にしてくれていた。はっきりとそう分かって、心が一気に舞い上がった。

……けれど。

『一人で悩んでいたって何も解決しないでしょうが』

『信じる努力と幸せになる努力は惜しんじゃ駄目』

数時間前に安倍にぶつけられた言葉が脳裏《のうり》を過《よ》ぎる。

同時に先ほど自らが宮前に吐いたひどい台詞《せりふ》の数々と、暴言を投げつけたときの彼の様子まで思い出されて、あまりの申し訳なさにまた涙がこみ上げてくる。

――当たって砕けちゃったよ、安倍ちゃん。

それも想定していたような〝我儘なセフレ〟としてではなく、彼を初めから疑ってかかった〝不誠実な恋人〟として自爆した。愚《おろ》かすぎて目も当てられない。

今になってようやく分かった。あれらの安倍の言葉がどれだけ大事な意味を持っていたか。あの言葉の数々は、どんなときでも想う相手に真っ直ぐぶつかっていった安倍だからこそ言えるものなのだ。

……明日の朝、好きだって言おう。

今さらかもしれない。それに、彼の心を知った上で気持ちを告げるのは卑怯な気もしてくる。けれど言わなければ何も始まらないし、終われない。

拒《こば》まれたらもちろん潔く諦める。

でも万が一、彼が話し合うと告げたのが別れのためではなく、前向きな理由からだったら、そのときは――彼の心に感謝して、今度こそ間違わない。真正面から宮前に向き合おう。

もう一度チャンスをくれた彼と、彼を好きだと思う自分自身を信じよう。

仕事とアルコールと言い合いで、身体はヘトヘトに疲れている。でもこんな状況ではすぐに眠れるはずもない。

愛菜は壁越しに伝わる彼の気配を探っては溜息を吐く。

独りぼっちで過ごす夜は静かに更《ふ》けていった。

――隣の部屋からかすかな電子音が響く。

ウトウトと微睡《まどろ》んでいた愛菜は、パッと覚醒《かくせい》した。

いつの間にかベッドに沈んでいたようだ。身体を起こしてリビングの気配を窺《うかが》う。

数分後、先ほどとは別の方向からアラーム音が聞こえてきた。バン、と何かを叩く音と同時に、電子音がピタリと止まる。続いてボソボソと何やら喋る声も聞こえる。

愛菜は意を決してそろりと扉を開けた。

朝日の差し込むリビングで、宮前がソファに寝そべっていた。ブランケットからはみ出た長い足がアームレストの上に載っている。ローテーブルに伸ばした手は、目覚まし時計を握りしめたまま微動だにしない。そのせいで上半身が若干座面からずり落ちていた。

愛菜はじりじりとソファに近寄り、ラグにぺたりと座り込んで、眠る彼を見守る。

眉間に皺《しわ》を寄せた不機嫌そうな顔も格好良い、なんてぼんやり考えて、気恥ずかしくなった。頬も火照《ほて》ってくる。判決を言い渡される被告人にも似た立場のくせに、我ながらずいぶんおめでたい頭だ。

そう思うと同時に、無性に泣きたくもなる。この無防備な彼の傍にいられる幸せを失いたくない。今まで自分がどれだけ恵まれた立場にいたのかを改めて教えられた気がした。

「……宮前さん」

このままもう少しだけ彼を見ていたい気もするが、目覚ましが鳴ったということは起きる時間なのだろう。今日は平日なので、普通に出社しなければならない。

「宮前さん」

よれよれのブラウスの裾をキュッと握り締めてそっと声をかける。その呼びかけに応《こた》えて、宮前がうっすらと瞼《まぶた》を開けた。

「おはようございます……ベッド、独占しちゃってすみませんでした」

……予行のつもりで『好き』と言ってみようか。当人を相手に練習というのも変な話だけど、寝起きの彼は別人に近い。告白しても記憶に残らないのなら……

そう考えて、やっぱり駄目だと首を振る。

未覚醒の彼に告白するなんてフェアじゃない。彼と真正面から向き合うと決めたのだから、そんな卑怯な真似はやめて、きちんと告げよう。

宮前は瞬《まばた》きを繰り返すと、ぼうっとした視線をこちらに向け、ゆっくりと唇を開く。

「おれさ――……」

その直後、愛菜の斜め後ろで唐突に三回目の電子音が鳴り響いた。

ギョッとして振り返り、音の出処《でどころ》を探る。

のそり、とソファから身を起こした宮前が、愛菜の横を抜けて窓の近くの床に直置《じかお》きされた目覚まし時計のアラームを止めた。しゃがみこんで頭をガシガシとかく彼の後ろ姿を、先ほどとはまた違ったドキドキ感に苛《さいな》まれながら見守る。

「だりぃ……くっそねむいんだからしずかにしろよ……」

「……」

「しごといきたくねぇんだって……」

時計に悪態を吐いている。その後もう一度電子音が鳴り、似たような動作を再度繰り返したところで、宮前は完全に目を覚ました。

セットしたアラームは全部で四つ。枕元にはスマホを、その他三つの時計を部屋のあちこちに置くのが平日の彼の習慣らしい。

これまで見たことのなかった光景に驚きはしたものの、宮前は朝が苦手だということはよく知っている。

今日もはっきりと覚醒《かくせい》した彼が、既に起きている愛菜を視界に入れた直後に固まり、恐る恐る暴言の有無を確認してきた。愛菜もいつものように、今朝は時計に話しかけていた彼の言動を包み隠さず報告する。すると宮前は額に手を当てて項垂《うなだ》れた。二人で迎える朝には恒例となったやり取りだ。

そのせいか、愛菜が予想していたほどの気まずさはない。互いに昨夜のことには触れず、雰囲気を和ませる努力をしているのも効果があったのだろう。二人の間に漂う空気は、ぎこちなさを残しつつも穏やかだった。

やがてシャワーを借りて身支度を整えた愛菜は、今日も出社すべく宮前と一緒にマンションを出た。

並んで歩きながら、ぽつぽつと会話をする。昨晩と違って、今朝は冬に逆戻りしたような寒さだ。吐き出す息が仄《ほの》かに白い。

愛菜はいつ例の一言を言おうかとタイミングを見計らっていた。

横断歩道の信号が青から赤に変わる。

……これ以上引き伸ばしたら、どんどん言い出しにくくなってしまう。告白するなら、他に信号待ちする人のいない今しかない……！

大きく深呼吸をした。

「……宮前さん」

端整だけど無表情な顔を隣から見上げる。

「好きです」

そう告げた愛菜の白い呼気が、朝の冷たい空気の中へと溶けた。

「昨晩は、すみませんでした。言い訳をするつもりはありません。でも……宮前さんのこと好きなんです。この気持ちは本当です、だから」

嫌いにならないで、とはさすがに続けられなかった。いくらなんでも虫が良すぎる。

考えなしに宮前を傷つけた愛菜をどう裁くかは、彼次第だ。

「……あれから俺なりに考えてみた」

ほんの数十秒――愛菜にとっては気が遠くなるような長い時間の後、行き交う車を眺めていた彼がこちらを見下ろしてきた。その視線がゆっくりと足元に落ちていく。

彼の唇が次にどう動くのかと、固唾《かたず》を呑んで見守った。

「あんな形で知り合って……誰にも関係を言わない上に、逢《あ》えば飯食ってヤるだけなんて、確かにそう解釈されても仕方ない」

ごめん、と短く告げた長身はピクリとも動かない。

信号が青になり、車の流れが変わった。横断歩道の傍らに立つ二人の脇を自転車が通りすぎていく。

「愛菜のことも周りも全然見えてなかったんだろうな。社会人になって、初めて恋人ができて浮かれてたのかもしれない」

彼の女性に対する立ち居振る舞いは、経験で培《つちか》ったものだと思い込んでいた愛菜は目を見開いた。ならば何故、彼はどんな場でもスマートな動きができるんだろう。ひょっとして寝起きのときにだけ見せるあの姿と同様に、無意識の――彼の素《す》の状態？

謝り返されたことと初めて知った事実に、思いきり戸惑ってしまう。

愛菜の中の宮前像がグラグラ揺らいだ。

――もしかしたら、彼に〝完璧な大人の男性像〟を押しつけすぎていたのかもしれない。遊び人どころか女の子との付き合い方を知らないから健全なデートの発想が浮かばなかったのかも、なんて考えまで浮かんでくる。

「これは提案なんだが」

宮前はそう前置きして顔を上げ、こちらを見ると、躊躇《ためら》うように一旦口を噤《つぐ》んだ。

愛菜は息を凝らしてその場に佇《たたず》む。次にどんな言葉が降ってくるのか予想がつかない。

そして――数分の間を置いてから放たれた言葉に、さらに動揺する。

「俺達、やり直さないか。名前と所属先と連絡先を知っているだけの状態から。……その先は愛菜のペースで進めてほしい」

「いいんですか……？」

狼狽《うろた》える愛菜の頭上で、歩行者用の青信号が点滅し始めるが、今はそれどころじゃない。

込み上げる感情は、喜びよりも不安の方が大きかった。やり直すという言葉は、愛菜にとってあまりに都合が良すぎる。ここで撤回《てっかい》されたら立ち直れなくなると分かっているのに、彼の真意を確かめずにはいられなかった。

「だって私、ひどいことたくさん言ったんですよ。怒られて、嫌われて当然の……」

「まあ……確かに凹《へこ》んだが」

「……なのにこんなにあっさり許していいんですか？」

「――別れたいのか？」

低い声で問われ、ブンブンと首を振る。

「俺も同じ気持ちだ。……言い方はあれかもしれないが、身体の相性が良かったからって理由でお前に興味を持ったことは否定しない。でも喜怒哀楽《きどあいらく》が顔に出やすいところも、箸使《はしづか》いが綺麗《きれい》で美味そうに飯を食う姿も、掃除機を猫可愛がりするところも良いと思ってる。……それに、寝起きの俺を真っ直ぐ受け入れてくれるのは愛菜だけだ」

「……」

「だから」

宮前が半歩引いてこちらを向いた。愛菜も正面から真っ直ぐに彼を見上げる。

高い位置から注がれる視線は柔らかい。

「中戸愛菜さん。今日から改めて、俺の恋人になってくれますか」

差し出される大きな手。

愛菜が好きな男らしい手と、凪《な》いでいるようにも揺らいでいるようにも見える瞳とを交互に見つめる。

視界がぼやけてきた。目頭が熱い。涙ぐむ顔を見せたくなくて俯《うつむ》いた。

……本当に良いのだろうか、こんなに簡単に許されて。もっと責められても当たり前で、嫌われても仕方がないことをしたのに。

宮前はたった一晩で彼女を理解してくれた。いや今も理解しようと努力してくれている。愚《おろ》かな彼女に手を差し伸べてくれている。

こんなにひたむきに想ってくれる彼を、どうして今まで心の底から信じてあげられなかったのだろう──

「っ、分かれよ、離れたくないんだよ……！」

黙り込んだ愛菜に焦《じ》れたように、宮前がわずかに声を荒らげた。いつも平静さを崩さない彼が、だ。

「この際だからはっきり言うが、……手放すっていう選択肢は最初からなかった。その……なんだ、一晩経ってもお前への気持ちは変わってないから」

宮前はもう一度チャンスを与えてくれた。彼の度量の広さに惚れ直してしまう。

こんなに真摯《しんし》な彼と、迷ってばかりの自分とでは釣り合わないんじゃないか、なんてまたネガティブな思考が頭を掠《かす》めたけれど──それは胸の中で打ち消す。

ここで引いたり立ち止まったりしては駄目だ。今度こそ最低女になってしまう。

釣り合わないと嘆《なげ》くのではなく、彼に見合う魅力的な女性になるために己《おのれ》の内面を磨くべきだ。

「……よろしくお願いします」

溢れそうになる涙をグッと堪《こら》えて頭を下げ、彼の掌《てのひら》に自らの手をそっと乗せる。

彼は愛菜の冷えた指先を優しく包み込むと、安堵したように両肩から力を抜いた。

そんな仕草だけでますます堪《たま》らない気持ちになり、涙がポタポタと足元に落ちる。

繋いだ手をキュッと握ると、彼からも握り返された。身体の距離が自然に縮まる。

愛菜は俯《うつむ》き、宮前の胸板にこつんと額を付けた。

彼は愛菜を黙って受け止め、髪にそっと頬ずりする。

——寄り添う彼から伝わる体温は、早朝の屋外にいるにもかかわらず、今までで一番温かく感じた。


……現実は非情だ。

宮前の手を振りほどきたくはないし、もう一方の手には荷物を持っていたしで、溢れる涙をそのまま垂れ流したのがいけなかった。おかげで顔が悲惨なことになってしまい、愛菜は駅に着いた途端、化粧室に駆け込んだ。

ウォータープルーフのマスカラで良かった……！　強力防水の化粧品にこんなに感謝する日が来るとは思わなかった。

それにしても、甘い雰囲気を堪能《たんのう》する暇もないなんて……先ほどとは違った意味で泣けてくる。

大急ぎでメイクを直し、待っていてくれた彼と電車に乗った。

普段よりもかなり早く会社に着きそうだ。

いつもこのくらいの時間に家を出るのかと尋ねると、混雑する車内で愛菜を守るように立っていた宮前が小さく首を振った。

女性の身支度にどれだけ時間が掛かるか、そして話し合いがどう転ぶかが計り切れなくて、とにかく早起きしようとアラームをセットしたらしい。

手を繋いだまま出社するかと問われ、散々迷った挙句、丁寧に断った。

今は胸が一杯で、これ以上してもらったら幸せ過多で倒れてしまいそうだ。社内でのお喋りには憧れていたけど、それもひとまず保留にする。仕事で絡むことのない自分達が話す機会と言ったら、偶然社内で会うか、どちらかがわざわざ仕事を中断して会いに行くしかない。昼休憩時間はずれているので、会うには向かないし。

仕事を疎《おろそ》かにしてまで社内で彼と接点を持つ気はない。宮前と付き合っていると胸を張って同僚達に言うためには、彼に見合ったデキる女にならなければ。

「いつか、廊下とかで偶然会ったり、仕事絡みで堂々と会う機会が来るまで、お喋りできるのを楽しみに待ちます」

「……分かった」

朝食の調達のついでに会社の最寄りのコンビニに入って別れようということになり、先に会計を済ませて片手を上げた彼に、愛菜も小さく手を振った。

自動ドアを潜《もぐ》って去っていく長身を見送り、少しだけ余韻《よいん》に浸《ひた》って——心のスイッチを仕事モードに切り替える。

そうして週半ばの一日が始まった。

そして、明くる日の午後――

彼との接点は意外なほど早くやってきた。

業務を終え、身の回りを片付けていた愛菜に、課長から声がかかった。

彼の席へ向かうと、デスクに積まれた数冊のファイルを示される。

「悪いが中戸、これを第二資料室に返却してきてくれるか。帰り際で良い」

本当はこれらのファイルを借りてきた安倍に頼むつもりだったようだが、告げ忘れてしまったらしい。

愛菜は既に退社した安倍に代わってファイルを受け取った。

「ついでに向こうにも寄ってやれ。どうせあいつも未返却だろう」

追って出された指示に一瞬固まる。

内容を聞き返す必要はなかった。彼が『あいつ』と呼ぶ人間は一人しかいない。宮前の課の猿課長だ。ということは、『向こう』というのは宮前の課で間違いない。恐らく二人の手がける企画が一区切りつき、一緒に借りていた資料が不要になったのだろう。

指示を出された直後、すぐ一礼できたのが自分でも信じられなかった。緩みそうになる口元を必死に引き結ぶ。二人のやり取りを聞いた別の女性社員が羨《うらや》ましそうに見てきたけれど、この役目を譲る気は微塵《みじん》も湧かなかった。

『大丈夫だよ、私が逢《あ》いたいのは宮前さんで、貴女《あなた》が好きな湖西さんじゃないから』なんて心の中で考えながら、ウキウキと、でも平静を装ってデスク周りを片付ける。

やがて残業している周囲の同僚と軽く挨拶を交わして廊下に出た。

バッグとファイルを手に移動する足取りは軽い。仕事中なのに堂々と彼に会える口実が与えられたことが嬉しくて、鼻歌を歌いながらスキップでもしたいくらいだ。

が、途中でハタと気付く。

……彼は既に会社を出ているかもしれない。

そう思い至った途端に頬が熱くなった。そこに気付かないなんて、どれだけ浮かれていたのだろう。喜びすぎだ。

「でもまぁ、いっか」

気を取り直して歩を進める。

そもそも宮前の所属する課に立ち入ること自体、愛菜にとってはレアな体験なのだ。彼が普段どんなところで働いているのか、その空気を味わえるだけでも嬉しくて仕方がなかった。

期待半分、諦め半分でドキドキしながら目的の課に入室する。果たして――彼はいた。

うっ、と詰めた息をそろりそろりと吐き出す。

駄目だ、直視できない。

彼のスーツ姿なんて何度も見ている。でも、何故か新鮮なときめきを感じてしまう。ここがアウェイの場だからか。それとも心が通じ合ってまだ日が浅いせいか。

俯《うつむ》き気味になって足早に奥へと進む。

虎のように獰猛《どうもう》そうな外見なのに〝猿〟課長とあだ名の付いた男が、愛菜に気付いて顔を上げる。用件を聞くとニヤリと笑った。

「さすが、気が利くな。そういうことならよろしく頼む」

デスクに肘をつき掌《てのひら》で顎《あご》を支え、目線だけをこちらに寄越す姿は、堅気《かたぎ》には見えない迫力を醸《かも》し出している。その上何となく胡散臭《うさんくさ》い。

でも、有能でなければ課長職に就けるはずはないし、勤勉さに定評のある愛菜の課の課長と組まされることもないはず。それに〝人は見かけによらない〟というのは社会人になって何度も実感してきたことだ。きっと目の前の課長にも当てはまる言葉なのだろう。

「上から六冊目までだ」

デスク脇をクイと顎で示された。見ると、結構な厚さのファイルが積み重なっている。一人で抱えるのを躊躇《ためら》う量だ。

これ全部持てるかな――そんな不安を読み取ったかのように背後から落ち着いた声がかかった。

「俺も行きましょうか」

聞き間違えるはずもない。宮前の声だ。

席を立った彼がこちらへ歩み寄ってくる。

愛菜は直立不動の姿勢から一歩も動けない。ドキドキしているのが、緊張からなのか高揚からなのかさえ分からなかった。

女性が一人で運ぶには量が多いし、自分が一緒に行けば元あった場所へスムーズに返却できる、と低い声が淀《よど》みなく続ける。

「それもそうだな……って」

頷《うなず》いた猿課長は、宮前と並んで立ったまま固まっている愛菜に気付き、豪快《ごうかい》な笑い声を上げた。

「そんなにビクビクするな。宮前は能面みてぇな顔してるが、真面目な奴だから大丈夫だ。取って食いやしねぇよ。――ああちょうど良いや宮前、お前、昼からずっとデスクにいただろう。休憩がてらのんびり行ってこい」

「はい。……行こうか」

「は、はい」

――こんなやり取りを挟んで、初めて社内で宮前と二人きりになる状況がやってきた。

不思議なものだと心底思う。

『平日にも彼との接点が欲しい』と願っていた頃には一度も訪れなかった機会が、関係を前進させた翌日に巡《めぐ》ってくるなんて。

「出納簿《すいとうぼ》は預かる。残りの議事録は右手の奥、突き当たりの棚な」

第二資料室、入ってすぐの場所で先に入室記録を書き終えた宮前は、ズシリと重い束を抱えたまま、愛菜の腕からファイルを抜き取った。

心はますます浮かれていく。今まで自席からチラチラと窺《うかが》うのが精一杯だったのに、彼の働く姿をこうして間近で見られるなんて。その上、彼のいる課の雰囲気も何となく味わえたし、彼の筆跡まで見ることができたのだから、舞い上がらないわけがない。

初めて見た宮前の字は、漢字の折れの部分がきちんとした角を描いていた。はねや払いまで疎《おろそ》かにしないあたりは性格だろうか。やや丸みがあって、割といい加減な愛菜の字とは全然違う。

それにしても、まさか筆跡にまで好感を持つとは思わなかった。

これほどまで彼にベタ惚れな自分に、ちょっと呆れてしまう。

独りで照れたりニヤついたりしている姿は、傍《はた》から見たら気色悪いんだろうな。……なんて考えてみても、一度緩んだ顔はどうにも引き締まらなかった。

今まで抑えに抑えていた感情が、今日になって爆発したのかもしれない。

目的の棚に辿《たど》り着いた。手にしたファイルと返却場所とを何度か見比べた愛菜は、踏み台を探して周囲をウロウロと彷徨《さまよ》う。落下防止のために後付けされた細い棒が棚板から数センチ上に渡されており、それが邪魔で背伸びをしてもギリギリ手が届かないのだ。

さすがに資料室の中で迷子になることはないだろうけれど、念のため周囲にも目を配る。

目的の物は見つかったものの、予想以上に時間をロスした間に、反対方向にいた宮前は返却を終えたらしい。

踏み台というには随分と小さな台の上で背伸びして四苦八苦していたら、声がかけられた。

「どうした？　――ああ悪い、気が回らなかった」

「平気です、もう少しで……」

視線は棚に据《す》えたまま、後ろにいる彼に声を張った。あとちょっと頑張ればファイルは棒を乗り越えることができるだろう。今にもこちらに落ちてきそうなファイルを愛菜は必死に支える。

体重を支える爪先に力を込め、プルプル震える指先には気合いを入れる。

その手が……不意に軽くなった。背中から腕にかけて大きな温もりに包まれる。

「ほら」

耳元で囁《ささや》かれ、愛菜の心臓は跳ね上がる。

——倒れる！

動転のあまり後ろにひっくり返るかと思った。実際には腰に巻きついた彼の腕が身体を支えてくれているから大丈夫だろうけれど、でも、これって……！

真後ろに立つ彼が、ファイルを軽々と押し込んだ。限界まで伸ばしていた腕から重みが去り、へにゃりと力が抜ける。

ずるずると本棚から滑り落ちる愛菜の右手を、宮前が包むように握って書架に縫い止めた。同時に腰を抱く腕の力が強くなる。全身が密着するのを感じ、愛菜の身体がカチコチに硬直した。

……狙ったの？　もしかしてこのシチュエーションを想定して、あえて愛菜に議事録の返却を任せた？

そんな考えが浮かんだが、即座に否定した。

彼の持つファイルの方が明らかに量が多かったから、たまたまだろう。

こちらが自意識過剰なだけだ。彼は真面目で真摯《しんし》な人、これは単なる親切であって他意はない。

女慣れしているように見えたけど、全部無意識にやっていたことなんだって一昨日知ったばかりじゃないか！

必死に自分に言い聞かせつつ、背後に向かって声をかける。

「すみません、ありがとうございまし、っ……」

けれど感謝の言葉は最後まで続かなかった。

重なった右手がスルリと動いた。指の間に割り入った長い指が彼女の手を握り直す。

「こんなに小さい踏み台使って、危ないだろう」

「……っ」

「隣の通路にあった脚立《きゃたつ》には気が付かなかったのか？」

耳をくすぐる吐息が甘い。囁《ささや》かれる低音に熱を感じるのは、愛菜がドキドキしているからか。というかこれ、――本当に無意識なの!?

「宮前さん……っ」

名を呼んだはいいものの、その後に何と言ったら良いのか分からない。恥ずかしくて堪《たま》らないから離してほしいのに、彼から伝わる体温や鼻をくすぐる香水の匂いが心地好すぎて、いつまでもこうしていたいとも思えてくる。

昨日の朝、部屋で身支度する宮前から漂ってきたトップノートは爽やかな香りだった。でも時間が経って彼の体温や肌に馴染み、かすかに残っただけのラストノートは、少し甘くて重い香りへと変わっている。今の匂いの方が彼に似合っていて好きかもしれない。

「……社内で逢《あ》うのも悪くないな。職場恋愛してる人間の特権か」

千沢の気持ちが少し分かった、とかすかに笑う彼の息が耳に掛かる。

……限界だ。もう駄目だ。

これ以上密着していたら、恥ずかしさで気を失う。彼とはもっと大胆な触れ合いだってしていたのに、後から後から湧き上がるこの羞恥心《しゅうちしん》は一体何なのだろう。

「お、下りますっ、もう大丈夫です、っ……」

少し強引に身を捩《よじ》って背後に呼びかけた。けれど振り返りかけたところで再び硬直する。

踏み台に上ったせいで身長差がほとんどなくなった彼と、至近距離で目線が交わった。

ほんのわずかに眉根を寄せた宮前は愛菜の右手を解放し、その腰に回した腕に力を込めた。狭い足場の上で身体がクルリと反転する。正面から向き合う彼の揺らぐ視線が瞳から唇へと下りた――キスされる。

愛菜は反射的に瞼《まぶた》を閉じた。

……けれど期待した感触は与えられない。何もない。

……あれ？

怪訝《けげん》に思って、数瞬迷った挙句、恐る恐る薄目を開けてみる。

「……許された以上の触れ合いはしない」

数センチ高い場所からこちらを見下ろしていた宮前が、ふと雰囲気を和らげた。

「愛菜のペースを尊重したいから。先走って独りよがりな求め方されたら嫌だろう？」

言われて昨日の、横断歩道前の告白劇のときのことを思い出す。

あの後愛菜は彼と手を繋いだし、泣いている最中にも少しだけ彼の胸を借りた。だから手繋ぎと抱擁《ほうよう》までは許された行為で、でもキスは愛菜が自ら求めてくるまで待つ、ということらしい。

ということは、分かっているんだ。目を閉じた愛菜が何を待っていたのかを。

先ほどの台詞《せりふ》も、それを分かった上でのものとしか思えない。

間近にある彼の顔は普段通りの無表情。でも内心ニヤニヤしているんじゃないかと疑いたくなってくる。

——羞恥《しゅうち》プレイかっ！

色々とあったけれど、結局は彼の掌《てのひら》の上で転がされているような気がしてきた。

なのに、それでも嬉しいことに変わりはないのだ。悔しいけれど。

だって今一緒にいられることそのものが、奇跡にすら思えるのだから。

こんな甘ったるい意地悪ならむしろ大歓迎——などと考えてしまう愛菜の頭は、もうとっくに恋の毒に芯まで侵されて手遅れの状態なのだろう。

「あの……」

「ん？　……どうした？　愛菜」

「……何でもないです……」

愛菜を包む空気も、吐息混じりに囁《ささや》く声も甘すぎる。

けれど、さすがに職場でキスは強請《ねだ》れなかった。

こうして一緒にいられるだけでも充分すぎる。

彼を直視できず、照れくささに火照《ほて》る頬を手で押さえて俯《うつむ》いた。

そろりと踏み台を下りる。

愛菜の右手が、今度は彼の左手に捕まった。指同士が滑らかに絡み合う。

よろめくように横に半歩逃げると、宮前の腕にすっぽりと包まれた。

「今言ったこと、タイムリミット付きだから。できれば俺の自制心が切れるまでに覚悟を決めてほしい」

「覚悟……」

「それまではお前の気持ちを最優先にする」

宮前は本気で愛菜に主導権《しゅどうけん》を譲る気らしい。

愛菜自身が動かなければ一歩も進展しない関係……

そう言ってくれる彼の心遣いは分かる。けれど愛菜はあえて首を横に振った。

スーツの裾をきゅっと握り、勇気を振り絞るように腹に力を込める。

「……それは駄目、な気がします。どちらかが優先じゃなくて、ディスカッションの機会をもっと増やしたいというか……二人の問題は小さなことでも話し合って決めたいな、って……っ、でもそれが面倒だったりするなら」

不意に髪に吐息が掛かった。全身をギクリと強張《こわば》らせ、口を噤《つぐ》む。

続いて頭にわずかな重みが乗った。

「そうだな、ごめん。分かった」

呆れて溜息を吐かれたかと思ったが、杞憂《きゆう》だったみたいだ。自分の髪に頬ずりをする彼に安堵して、そろそろと身体の緊張を解《ほど》いていく。

宮前は愛菜の手を離し、背中を撫《な》でた。もう一方の手は髪を撫でる。

その優しい感触も、声も匂いも体温も、服越しに触れる身体の硬さまで何もかもが心地好い。

その胸板に頬を寄せると自然に吐息が漏《も》れた。愛菜を抱き締める腕に力が籠《こ》もる。彼の温かな鼓動まで伝わってくるようだった。

甘い空気に浸《ひた》ってずっとこうしていられたら……

でもそれは、到底不可能な話だった。雰囲気に酔いかけた頭を現実に呼び戻し、顔を上げる。

ここは会社の資料室。それに愛菜はもう更衣室で着替えて退社するだけだが、彼にはまだ仕事が残っている。

「宮前さん、そろそろ戻らないと……」

「まだ休憩時間の範囲内だから問題ない。もう少しここで癒《い》やされてから戻る」

腕時計にチラリと目線を落とした宮前は、心配顔の愛菜を改めて見下ろした。

「愛菜はもう帰るのか」

「はい。……お仕事、まだしばらくかかりそうですか？」

頷《うなず》いた宮前の指が髪からうなじに流れ、首筋を撫でる。

顎《あご》を持ち上げられた。親指で唇をふにふにとつつかれ、しばらくの間されるがままになる。

見上げる彼の表情に変化はないのに、何となく残念そうに見えるのは愛菜の希望的観測か。

「今週は定時に上がるのは無理そうだ。せっかく付き合い始めたのに一緒に帰ってやれなくてごめんな」

「全然大丈夫です。そういう風に考えてもらえるだけでもすごく嬉しいので……！」

不意に気恥ずかしさが倍増した。堪《たま》らない気持ちを誤魔化《ごまか》すように目を伏《ふ》せる。

なんだか心の距離が急激に近くなったみたいだ。

こんな風にストレートに好意を表に出してくれるのはもちろん嬉しい。でも慣れないからか、どうにも照れくささが付きまとい、自分がどう返していいか分からなくなってくる。

「次の休み、出かけるか？」

低く囁《ささや》かれる。

数瞬後、ようやく言葉の意味が理解できた愛菜は、パッと目線を上げた。

それってもしかして。

「いいんですかっ」

「朝から……駅とかで待ち合わせしてさ。いや俺が迎えに行ってもいいな。……どこに行きたいか考えておいて。後で電話する。意見交換《ディスカッション》しよう」

「――はい！」

満面の笑みを浮かべて頷く。

宮前はわずかに目を細め、愛菜から腕を離した。最後に髪を梳《す》くように撫でる。

資料室の鍵を預かり、廊下に出て歩く。

その間に、自然と身体が離れた。しかし心は不安に揺れたりしない。さっきここに来たときのような、妙に浮ついた感覚もない。

胸に広がる温かい感情は、充足感や安心感といったものだろうか。穏やかな気持ちで彼と別れの挨拶をし、姿勢良く歩く後ろ姿を見送った。

好きな人の態度一つで気持ちがこんなにコロコロ変化するなんて本当に不思議だ。だけどそれは嫌な感覚じゃない。むしろ好ましく感じる。

愛菜はやっと前向きになれた自分のことも好きになれそうな気がした。

11

次の週末、約束した通り、二人は初めて〝デート〟をした。

今更感は全くなく、朝の身支度から一日の終わりまで新鮮な気持ちでいられるデートだった。

行ったのは、ド定番の映画館。その場で何を観《み》るか決めるのも、観た後に寄ったカフェで感想を述べ合うのも楽しかった。観た映画がもし数年後に地上波で放送されたら、きっとこの日のことを鮮やかに思い出せるだろう。それくらい印象に残る一日だった。

それから一ヶ月半、二人は休日の度にあちこち出歩くようになった。

公園でまったりする日もあったし、彼の希望で家電量販店に足を運んだ日もあった。

宮前は家電にかなり詳しい。以前テレビで頻繁《ひんぱん》に紹介されていた〝油を使わずに揚げ物ができる調理器具〟も持っているそうだ。

彼の部屋のキッチンには何度も足を踏み入れたことがあったのに、全く気が付かなかった。驚く愛菜に、宮前は『仕舞ってある』と言って肩を竦《すく》めた。使い勝手がイマイチだったらしい。

少し遠出して水族館に行った日もあった。

その日は海風を浴びても寒さを感じないほど暖かく、一日のんびり館内で過ごした後、水族館の周囲をゆったり散歩した。

夕食に何を食べたいか尋ねられ、『お刺身』と答えたとき、プッと噴き出した宮前のレアな表情を真正面から拝めなかったのが唯一の心残りだ。すぐに顔を逸《そ》らさなくてもいいのに。

食べ物の好き嫌いは互いによく知っている。もし『何でもいい』と言っても、彼はきっと愛菜好みの店に連れていってくれるだろう。それでも愛菜は極力自分の希望を言うようにした。

それは食事に限らず、デートで何かを選ぶときの心構えのようなものだった。

相手に全てを委《ゆだ》ねてしまうのは、物分かりが良いんじゃなくて単に丸投げしているだけだ。それでは宮前が困ってしまう。

はっきりとした希望が思い浮かばなくても、会話を繋げていれば途中で思いつくこともあるし、計画を練るためのお喋りそのものが好きだから苦には感じない。

彼と共有する時間の全てが貴重で、幸せだった。

『――次の休み、行きたい場所があるんだ』

電話の向こうの低音に耳を傾けながら、愛菜は濡《ぬ》れた髪にタオルを当てた。

彼の声の後ろで聞こえていたざわめきが少しずつ遠のいていく。今、改札を抜けた辺りだろうか。

こちらは帰宅してシャワーを済ませて寛いでいるのに、彼はゴールデンウィーク明けに本格始動する企画の最終調整があって、最近とても忙しそうだ。

そんな慌ただしい日々にもかかわらず、彼は休日が近くなると愛菜が望む〝健全デート〟の計画を持ちかけてくれる。

「行きたい場所って、どこですか?」

コタツに足を伸ばす。いい加減季節外れだなと思ってはいるが、コタツ大好きかつ面倒くさがりな愛菜にはなかなか片付ける決心がつかない。

『A町のショッピングモール』

「えっ、意外なチョイスですね」

『今度こそ買い物に行こう。……誕生日、おめでとうしか言えなくてごめんな。遅れたけど誕生日プレゼント贈らせてほしい』

ふふ、と自然に照れ笑いが漏《も》れた。

まだ気にしていたのか。

「当日にお祝いしてくれたから充分ですって、前にも言ったじゃないですか」

『俺が贈りたいんだ。でも独断で買った物が愛菜のセンスと合わなくてガッカリさせるのも嫌なんだよ。なら一緒に選ぶのがベストだろう？』

先日、愛菜は二十五歳になった。今年の誕生日は忙しい最中《さなか》の平日だったのに、彼は仕事を定時で切り上げて食事に連れていってくれた。

忙しい中無理をしていないか心配になったけれど、それでも素直に嬉しいと思った。

──買い物かぁ。

プレゼント云々《うんぬん》は抜きにしても、彼と一緒に買い物に出かけるというのは、充分魅力的な提案だった。彼と手を繋いでショッピングモールを散策する光景を思い浮かべただけで、顔がだらしなく崩れていく。

その喜びを精一杯声に載せて感謝を告げた。

彼は今どんな表情で愛菜の声を聞いているのだろう。その表情を頭の中で思い描くと、顔がますます溶けていくのを感じる。

最近、二人きりでいるときの宮前は、雰囲気も顔つきも以前より柔らかくなった気がする。今もあの優しい表情を浮かべて歩いているのだろうか。だとしたら嬉しい。

そうして二人は今日あった出来事なども話しつつ、最後に週末の待ち合わせ場所と時間を決めて通話を終えた。

翌日から、日中は黙々と仕事をこなし、休憩時には彼の姿を探して一喜一憂し、家に帰るとデートに着ていく服や靴に悩んでといった感じで、愛菜の日常は過ぎていった。

そして当日。

二人で出かけたショッピングモールの一角で——意外な人物と鉢合わせした。

「もしかして愛菜？」

靴屋の店先で、別行動中の宮前を待っていると、通りかかった男から声をかけられた。

陳列された夏物のサンダルから視線を上げて声の主の姿を認めた直後、驚きに目を見開く。

「寺嶋《てらしま》君……」

「久しぶり。可愛くなったな、一瞬誰だか分からなかった。いい感じに垢抜《あかぬ》けたんじゃね？」

男——寺嶋は颯爽《さっそう》と歩み寄り、さり気なく愛菜の隣に陣取った。あまりに近い距離感に思わず半歩引いてしまう。

「買い物？」

「ええ、まあ」

「お前の会社ってどこだっけ。私服出勤ならこういうサンダル履いていくのも可愛いよな」

そう言って寺嶋は屈託なく笑う。

——寺嶋と付き合ったのは大学時代のうちの二年間。

といっても恋人の扱いを受けたのは最初だけ。一年にも満たない間だった。後半はセフレの一人としか扱われなかったのに、未練がましく彼に縋《すが》っていた。彼もそれをいいことに、愛菜に対しひどい言葉をぶつけていたのだ。

その男が今になって何の用だろう。しかもかつての拗《こじ》れた関係など全くなかったかのような馴れ馴れしさだ。

相槌《あいづち》を打つ気力すら生まれず黙り込むと、寺嶋は声のトーンを少し落とした。

「……お前のこと忘れられなくてさ。別れたこと、ずっと後悔してた」

ならどうして自然消滅したのだろう。というか〝恋人〟ですらなかった自分と、『別れた』？

ふとそんな疑問が浮かんだけれど、口にするまでもなく一瞬で溶けて消えた。

「またヨリ戻さない？」

「……」

「今ならもっと大人の付き合いができると思うんだよね、俺達」

大学卒業の頃に会ったのが最後だから、彼とは三年ぶりの再会だ。その顔は相変わらず整っていて、当時すごく好きだった少し垂れた目も以前とちっとも変わっていない。

なのに、甘く流し目を送られても、色っぽく囁《ささや》かれても、——不思議なほど全くときめかなかった。

彼と見つめ合いながら、何故だろうと自問する。悩むまでもなく、答えが身体の芯にストンと落ちてきた。

宮前のおかげだ。

彼と心が繋がって自信を得たことで、劣等感と一緒に引きずり続けた寺嶋への未練が、自分の中できちんと断ち切れたのだろう。

今なら寺嶋のことを『好き〝だった〟』と過去形で言い切れる。いつの間にか変化していた自分の内面を冷静に見つめられる。そして、自分が今の自分自身をとても好ましく感じていることに気付いて、愛菜はふっと口角を上げた。

今の愛菜の心には宮前一人しか住んでいない。目の前に立っている男のおかげで、宮前を愛する気持ちを再認識できる。

「お、乗り気？　なら連絡先教えてよ……って」

愛菜の笑顔を同意と取ったのか、寺嶋がいそいそと後ろ手にポケットを探る。

だがその直後、彼は姿勢を正して愛菜から半歩離れた。

「あらぁ、誰かと思ったらナカトじゃん。久しぶりね」

靴屋から紙袋を手に出てきた女性が、声をかけてくる。

「湯村《ゆのむら》さん」

そこにいたのは、大学時代、愛菜と同時進行で寺嶋と関係のあった女性の一人だ。

「もう湯村じゃなくて寺嶋よ。私達、結婚したの」

寺嶋と腕を組んだ彼女がウフフと笑った。その膨らんだ腹部に目が吸い寄せられる。愛菜の視線を受けた湯村が勝ち誇ったように笑みを深めた。

「彼がすっごくモテたの、アナタも知ってるでしょ？　でもたくさんの女の子の中から私を選んでくれて、もうすぐベビーも生まれるのよぉ。もう名前も決めてるの、ねーっ」

隣の男に紙袋を渡した湯村が満足げに腹部に手を当てる。

「式と披露宴《ひろうえん》はこの子が生まれてからやるつもりなの。ナカトも呼んであげようか？」

愛菜が寺嶋に視線を向けると、彼は引き攣《つ》った笑みを浮かべながら、気まずそうにフイと視線を逸《そ》らした。

――身重の妻がいるのに声をかけてきたのか。なんて軽い男だろう。

嫌悪感が過《よ》ぎるも、一瞬で立ち消える。

何故だろうと考えて、やっぱり今の自分は、この男に対して心底興味がないのだと改めて悟った。

以前はあんなに執着していたのに、今はほとんど心が動かない。

顔見知りの男が、結婚してもうすぐ子どもが生まれる――その程度のことでしかなかった。

湯村も半ば嫌がらせのつもりで披露宴《ひろうえん》に呼ぶなどと言ったのだろうが、そんな彼女に対しても嫉妬や嫌悪感は湧かず、ふぅんと思うだけ。

自分にこんな冷徹な部分があったのかと意外に思ったけれど、これが偽りのない本当の気持ちだった。

だがもし宮前と知り合う前に二人とバッタリ遭遇《そうぐう》していたら、きっと今のような落ち着いた心で接することなんてできなかったはずだ。

それにしても、結婚後も浮気癖が治らないのなら、彼は一生このままなんだろう。そんな彼の本性を見抜けず〝社交的な人気者〟だと信じ込み、彼と縁が切れたら生きていけないなどと思い詰めていた昔の自分を笑いたくなる。

……馬鹿だったな。こういうのを〝若気《わかげ》の至り〟というのだろうか。

つい苦い笑みが零《こぼ》れる。

そんな愛菜を見てどう思ったものか、湯村がさらに悦《えつ》に入った顔で口を開いた、そのとき。


「——愛菜」


背後から声をかけられて、パッと振り返った。

歩み寄る宮前の姿を視界に捉えた瞬間、感じていた苦味は消し飛び、相対していた二人のことも忘れて宮前に話しかける。

「腕時計、どうでした？」

「今日は預けて終わりだよ」

「部品交換、何日くらい掛かりそうですか？」

「一ヶ月前後かな。状態によってはパーツを取り寄せるから、もう少し待つかもしれない」

愛菜は曇りのない笑顔で宮前の説明に頷《うなず》いた。

宮前は買い物に来たついでに、腕時計のメンテナンスのため時計屋に行っていた。

彼が愛用している時計は父親から譲られた物だそうで、数年ごとにメンテナンスが必要になるらしい。細かな部品まで全部バラし、錆《さび》取りと洗浄を施《ほどこ》して、また組み立てて油を差し——といくつもの工程を経て綺麗《きれい》にするのだと先ほど教えてもらった。手頃な価格の時計をその日の気分で付け替える愛菜にとっては、未知の領域に等しい。

宮前が彼女の背後にチラリと視線を投げる。どのタイミングからかは分からないけれど、三人で会話しているところを見ていたのだろう。

それだけで彼の考えを読んだ愛菜は、気負いも緊張もなく、ごく自然に二人を紹介した。

「今ここで偶然会ったんです。大学時代の同級生の湯村さんと、一年後輩の寺嶋君。結婚したんだって。……二人にも紹介するね。彼は会社でお世話になってる先輩で――私の一番大切な人」

最後の一言を言い切ってから照れ隠しに笑って見せる。

見上げると、宮前と視線がぶつかった。彼の雰囲気は変わらず優しい。この紹介の仕方で大丈夫だったみたいだ。

三人が軽く会釈《えしやく》をする。顔を上げた寺嶋が不服そうな表情を浮かべる。隣の湯村は宮前と愛菜を見比べ、宮前には愛想笑いを、こちらには不愉快顔を向けてきた。

意図して引き合わせたわけでも、自慢するつもりもなかったけれど、彼を見上げる二人の表情を見て胸がすく思いがした。

愛菜に交際相手がいると分かれば、寺嶋もこれ以上誘ってきたりはしないだろう。湯村も愛菜を自分達の披露宴《ひろうえん》に招待しようなどとは思わないはずだ。

「この店も寄ってみるか？」

「いえ、見てただけなので」

目の前の店を示す宮前に首を振り、改めて二人を眺めた。

……うん、やっぱり何の感慨も浮かばない。

立ち尽くす寺嶋達へ祝福の言葉を贈り、別れの挨拶をした。

今日みたいな偶然でもない限り、今後彼らと接点を持つことはないだろう。

宮前の手を取って踵《きびす》を返した。握った指先が絡み合う。

「遠慮するなよ、何でも買ってやるぞ」

「そんなに簡単に言っちゃっていいんですか？　お財布空っぽにしちゃいますよ」

冗談を言い合いながらその場から離れる。

その後二人で楽しく買い物を続けたのだが、途中愛菜は、宮前の態度にごく小さな違和感を抱いた。

穏やかな中にかすかに混じる、物言いたげな視線。それに気付いたのは、日頃から彼の一挙手一投足に注目しているからだと思う。

一体どうしたのだろう。もしかして何か不快にさせるようなこと、したかな。

……心当たりがない。

それに最近の彼は、不満な点があればきちんと言葉にしてくれる。こんな態度は付き合い出してから初めてかもしれない。

だが、帰りの電車の中でやっと思い至った。

宮前は愛菜の心の動きをとても細やかに見ている。そんな彼だから、ショッピングモールで寺嶋達と遭遇《そうぐう》した自分の態度にも何か感じるものがあったのかもしれない。

もしかしたら、寺嶋という男が愛菜に劣等感を植えつけた張本人だと察したとか。けれど愛菜は

〝大学時代の後輩〟としか紹介しなかったから、改めて問うのも躊躇《ためら》われて――？

その可能性は……充分にあり得る。

気になるなら直接彼に尋ねるのが一番いい。でもそれこそ口に出すのは躊躇われた。

元彼の話なんて、宮前にとっては不快なものでしかないだろう。既にその劣等感を生々しく暴露《ばくろ》しているからこそ、その原因である男を話題に出すのは避けたかった。

愛菜が逆の立場でも、やはり詳しく知りたいとは思わないだろう。

そう。今すべきことは元彼の話を蒸し返すことじゃない。自分の心がどこにあるのかを、言葉と態度で伝えることだ。

電車が小さく揺れて駅を出発した。次の駅で愛菜は降りる。改札を抜ければあっという間に自宅だ。

――自分の気持ちをどう伝えるべきかは、もう分かっていた。

覚悟を決めるなら今まさにこのときなのだろう。いい加減、心を決めないと……！

そんな風に一人で緊張感を高めていると、傍に立っていた宮前が密《ひそ》かに囁《ささや》いた。

「……もう少し一緒にいたい。今日は、……このまま俺の家に来ないか」

ドキッと跳ねた心臓がそのまま早鐘を打ち始める。

黙り込む彼女に、宮前はそれ以上何も言わない。

もしかして彼も愛菜と同じ気持ちなのだろうか。……いや、疑問に思うまでもなく、今の台詞《せりふ》はまさしくそういう意味だろう。さすがにここまで来て斜め上な勘違いはしない。

デートの帰り、愛菜を自宅に送り届けた宮前は、別れ際に必ずキスをする。それは柔らかく重ねるだけのものだ。改めて恋人同士になったあの日の朝から、二人の間にそれ以上の接触はなかった。

……本当は心も身体も深い場所で繋がりたい。本当の恋人になりたい。

なのにいざ宮前に触れられると、『嬉しい』と言葉や態度で伝えなくてはと逸《はや》るのに、身体は彼を拒《こば》むように強張ってしまう。

宮前が遠回しな誘い文句を囁《ささや》いてきたこともあったが、愛菜はいつもはっきりと応《こた》えられず、そのうちに彼が身を引いてしまい――結果、二人の関係は進展しないまま、気がつけば二ヶ月近くが経っていた。

これ以上、宮前に勘違いさせたくない。溜息を吐かせたくない。

そういう意味でも今日は覚悟の決め時ではないか。

もう一度はっきりと彼への好意を伝えて、その胸に飛び込もう。

そうは思うものの、バクバクと鳴り続ける心臓は今にも口から飛び出そうだ。喉《のど》をコクリと上下させ、繋いだ手をギュッと握り締める。すると絡む指先がぎゅっと握り返してくれた。

電車は緩やかにスピードを落としていく。

二人の立つ付近のドアが開いた。

「っ……愛菜？」

夜の冷気と入れ替わるようにホームに飛び出す。手を引かれて一緒に降りた宮前を、そのまま人の流れの妨げにならない場所までグイグイと引っ張った。

振り返って見上げた先には――揺れる瞳。

困惑と不安、それからほんの少しだけ期待を滲《にじ》ませた瞳が、こちらを真っ直ぐ見下ろしている。

「わ、……私と……」

――どうしよう、胸が詰まって声が出てこない。

頭から足元まで物すごい勢いで血が巡っている。なのに喉と唇だけが凍りついたように動かない。

……言葉が駄目なら行動で示さなきゃ。

俯《うつむ》いて大きく息を吸う。そして、彼の手を引っ張って共に改札を抜けた。

繋いだ手から、彼の戸惑いが伝わってくる。振り向きたくなる衝動を必死に堪《こら》えた。ここで立ち止まったら、勇気が一気に萎《しぼ》んでしまいそうだった。

彼の力なら愛菜の手なんて容易《たやす》く振りほどけるはず。だから、黙って付いてきてくれる限りは大丈夫だと自分に言い聞かせて、とにかく足を動かした。

大通りの横断歩道を渡って、最初の路地を左に曲がる。

程なくして着いた自宅の前で立ち止まり、愛菜はついに後ろを振り返った。

「宮前さん、……っ」

――さあ言え！

「私も……、……私と、朝まで一緒にいてくれますか、……っ！」

次の瞬間。

繋いだ手を強く引かれ、彼の方に一歩よろめく。

真っ赤になって慌てる愛菜を、宮前は強く強く抱き締めた。

固く手を握り合ったまま愛菜の部屋に向かう。

互いに言葉はない。愛菜が繋いでいない方の手でバッグから鍵を取り出しシリンダーに挿《さ》す。鍵の開く音がいつもよりずっと大きく響いた気がした。

扉が開く。——玄関照明のスイッチに手を伸ばす余裕もなかった。

部屋に一歩入ると、宮前が愛菜を壁に押しつけ、わずかに身を屈《かが》める。

目の前に迫る熱い瞳。その視線に射抜かれて身体が動かない。

唇を薄く開いたのは無意識だった。

ドアが閉まると同時に玄関は暗闇に覆《おお》われる。その中で響く音は、柔らかいリップ音からあっという間に濡《ぬ》れた音へと変わっていった。

「っ……」

重なる唇の角度が変わる。滑り込んだ舌に誘われて舌を差し出すと、ねっとりと絡め取られた。

肉厚なそれを擦《こす》り合わせる度に水音が響く。

わずかにできた唇の隙間から吐息が漏《も》れた。

「……っは」

一旦舌を引いて下唇を吸った宮前は、すぐにまた温もりを求め続ける。

ゾクゾクが止まらない。

上顎《うわあご》をくすぐられて思わず身体が仰《の》け反《ぞ》った。壁と愛菜の隙間にあった腕がスルリと動く。大きな手に背筋を撫《な》でられるだけでも気持ち良くて堪《たま》らない。

激しいキスに応《こた》えながら、震える指を彼の脇腹に滑らせた。そのまま服をキュッと握って縋《すが》る。

愛菜を抱く腕の力がまた強まった。

宮前は片方の手で腰を支えながら、もう片方の手を身体のラインに這わせていく。最近お気に入りの透かし編みのニットカーディガンを熱い掌《てのひら》がまさぐった。

下からじわじわと上ってきた手が胸の膨らみを捕える。掬《すく》い上げるように包まれてピクンと背が跳ねた。ん、と漏れた息すらも彼の唇に呑み込まれていく。

獲物を壁に押しつけた宮前の動きは止まらない。

腰から下りていった手がなだらかな丸みを這う。一方で、胸を包む手は柔らかさを堪能《たんのう》するようにそこを大きく揉みしだいた。唇と舌先で愛菜の口内を支配しながら、その手はますます大胆に愛菜を追い立てていく。

キス責めから解放されたとき、愛菜の息は既に上がっていた。

求められ続けて赤く色付いた唇を宮前がチロリと舐《な》める。舌はそのまま首筋へと下りていく。

「愛菜」

熱い息に素肌をくすぐられ、壁と彼の間で仰け反った身体がバランスを崩した。けれど下の双丘《そうきゅう》にあった手が即座にそれを支える。

力の抜けかけた両足の間に彼の足が割り入った。

「……っ……！」

咄嗟《とっさ》に息を詰めて、突然走った痺《しび》れるような快感をやり過ごす。

彼を部屋に誘うと決めた直後から暴れっぱなしの心臓は、オーバーヒートして今にも壊れてしまいそうだ。

いつになく余裕のなさそうな彼にますます煽《あお》られていく。部屋に足を踏み入れた途端に愛菜を欲しがった、その切羽詰《せっぱつ》まった様子が愛しくて堪《たま》らない。自分を心から求めていることがはっきりと感じられて、嬉しくなった。

胸から離れた手が下に滑る。太腿《ふともも》まで下りた手はそこの素肌の感触を楽しんで、また上へと這い上がった。けれど今度はカーディガンの上ではなく、裾《すそ》から内側へと潜《もぐ》り込む。

服の中に侵入した手が、脇腹をスルリと撫《な》でた。

同時に首筋に強く吸いつかれて全身が跳ねる。肌に添う宮前の掌《てのひら》が熱い。

……不意に背後で、プツリと何かが小さく弾ける音がした。胸元の締めつけが唐突に軽くなる。

腰から背に移ったもう片方の手が服越しにブラのホックを外したのだ、と気付いてももう遅い。

待って、と制止する暇《いとま》もなかった。愛菜の唇は言葉を発する前に宮前に封じられる。

「っ！」

差し込まれた舌に意識を持っていかれる。その隙を彼は見逃さなかった。

緩んだブラの隙間へと長い指が入り込む。タンクトップの胸元がいびつに膨らんだ。服の中で捕らえられた膨らみも彼の手によって自在に形を変える。

それまでの愛撫《あいぶ》で、敏感な先端は直接触れられてもいないにもかかわらずプクリと勃《た》ち始めていた。そこを指の腹で弾くように刺激され、思わず首が仰《の》け反《ぞ》る。

その弾みで解放された唇から、声にならない吐息が零《こぼ》れた。

「愛菜……」

そう囁《ささや》き、宮前が耳を食《は》む。ピチャリと音を立てて弄《いじ》られると、愛菜の吐息はさらに色付いた。

五感の全てで彼を感じる。もたらされる快感に歓喜し、これから与えられる刺激を期待して、肌だけでなく体内もまた鮮やかに熱を帯びていく。

——でも、待って。

求められるのはもちろん嬉しい。でも、このまま先へとなだれ込むのはさすがに恥ずかしすぎる……！

震える指で服の中で悪戯《いたずら》を繰り返す手を捕まえた。

それで手の動きは止められたものの、頂《いただき》を弄る指先は小刻みに揺れたままだ。後ろから足の付け根へと回された手にも、愛菜を解放する気配はない。

「宮、前さん……っ……」

乱れた呼吸を必死に整える。

イヤイヤと首を振ると、愛菜の首筋から濡《ぬ》れた感触が離れた。

その隙に大きく身を捩《よじ》って彼の腕から逃れる。

その勢いで力の抜けかけた両足がもつれ、パンプスも脱げた。そのまま数歩よろめく。

愛菜は何とか体勢を立て直すと、玄関から一番近いドアのノブに縋《すが》りつく。

「シャワー、浴びてきます……っ」

息も絶え絶えにそう言い捨てて、バスルームへと逃げたのだった。


ここまで誘っておいて『やっぱり止める』なんて言うつもりは毛頭ない。

でも今日は一日外出していたのだ。せめて汗を流すくらいの猶予《ゆうよ》は欲しかった。

急ぎつつも丁寧に身体を洗ってバスルームから出る。

勢いと成り行きで狭い脱衣所に飛び込んだので、衣類も下着類もここにはない。やむを得ずバスタオルを身体に巻きつけた。

そろりとドアを開く。

宮前はこちらに背を向け、シンクに両手を突いて項垂《うなだ》れていた。

「あの……ごめんなさい」

盛り上がっていたところに水を差した、というかバケツで氷水をぶっ掛けるぐらいのことをした自覚はある。だから謝罪したのだが、ゆったりと振り返った宮前は力なく首を振ってみせた。

「お前は悪くない。俺の方こそごめんな。……シャワー借りていいか」

愛菜の頭を軽く撫《な》でると、彼女と入れ違いに脱衣所へ向かう。

扉が閉まったのを見届けて――気が付いた。

嫌がったと思われたかもしれない。愛菜が〝拒《こば》んだ〟と考えているのなら、大きな間違いだ。

誤解を解かなきゃ。

ん？　それってひょっとして……ここからもう一度仕切り直せってこと⁉

気持ちが焦る。

仕切り直すなら一度服を着た方がいい？

どうせまたすぐ脱ぐなら意味ないかな。でもタオル一枚で待つのもその気満々みたいで気恥ずかしい。いや、その気なんだけどね……！

初めて彼と肌を重ねた夜の自分は、別人のように大胆だった。今は到底できる気がしない。

安倍が『キャラじゃない』と驚いたのも仕方がないだろう。今のが本来の愛菜の姿で、素《す》の状態だ。

彼をホテルに誘い、それ以降も〝セフレ〟のつもりで関係を重ねていた頃は――その経緯があって今の幸せがあるのだから全否定はしないけれど――我ながらどうかしていたとしか思えなかった。

どうしよう。どうしよう。

迷う間にも刻々と時間は過ぎていく。

宮前は入浴時間がかなり短い。今日は普段よりゆっくりしているようだけど、残された時間はもうほとんどない。

とりあえずパジャマを身に着け、仕舞ってあった彼の着替えとバスタオルを用意して脱衣所へ置いてくる。

部屋に戻ってコタツに入ってみたものの、心臓も頭の中も相変わらず大騒ぎ状態で、気持ちは全然落ち着かない。

水音が不意に止《や》んだ。

深呼吸をして無理やり自分を落ち着かせる。

部屋に足を踏み入れた宮前は、迷わず愛菜の背後に来て、強張《こわば》る背中を抱き込むように腰を下ろした。湯上がり独特の湿り気の混ざった温もりに包まれる。

「さっきはその、……がっついて悪かった」

「いえ……」

「理性の脆《もろ》さに我ながら凹《へこ》んだ。——愛菜の気持ちが追いつくまで待つから」

全身がカァッと熱を帯びた。

こんな声は反則だ。

必死にかき集めた理性があっという間に散ってしまう。でも頭が完全に溶け切る前にどうしても伝えなければと自らを奮い立たせた。

もそもそと体勢を変えて彼に向き直る。火照《ほて》る顔を見られるのはやっぱり照れくさいけれど、彼にはもっと恥ずかしい姿を晒《さら》しているのだから今さらだ。開き直れ……！

「誤解しないでほしいんです」

ぐ、と力を入れて硬い胸板を押した。宮前は愛菜の身体に腕を回したまま呆気なく後ろに倒れる。

上半身裸の彼に乗り上げ、コタツから足を出して逞《たくま》しい腰を跨《また》いだ。

込み上げる羞恥心《しゅうちしん》を必死に呑み込む。

「嫌じゃないんです。ちょっと心の準備が間に合わなかっただけで、その、ああいうのも新鮮で、じゃなくて」

いや、今の暴露《ばくろ》は余計だった。言いたいことはたくさんあるのに頭がついてこない。焦りが募《つの》る。喉《のど》がつかえて幼子のようにたどたどしく言葉を繋げる愛菜を、彼はジッと見上げていた。

「嬉しいです。どんな風に、も、求められてもっ……怖いくらい嬉しいの。もっと乱暴にされたって全然平気です。だって、す……大好きだから……！」

「っ……」

表情の希薄な彼の顔がジワジワと赤く染まり始める。その様子を隠すように、宮前は片手で目元を覆《おお》った。

愛菜は綺麗《きれい》に浮き出た彼の鎖骨の辺りに視線を据《す》えて、必死に想いを告げる。感情が昂《たか》ぶりすぎたのか、視界がじわりと滲《にじ》んだ。

「ずっと待たせて、今も恥ずっ……かしくて、逃げてごめんなさい。でももう大丈夫です。できます、っじゃなくて……したい、です」

「……頭冷やしてさたのに……」

——お前は俺を殺す気か。

その呟《つぶや》きの意味を図りかねて、愛菜は眉根を寄せる。腰に乗る体勢が悪いのかもと思い至り、じりじりと前のめりに動いた。

四つん這いで相手を見下ろす格好は、普段と立場が逆。でもこれで良い。愛菜が積極的にならなければ彼との関係は進展しないのだから。

コクリと愛菜の喉《のど》が上下した。

〝彼の下肢《かし》に触れてはいけない〟というルールはまだ有効だろうか。手淫《しゅいん》と口淫《こういん》を禁じられると、愛菜にできることはほとんどない。それでも自分が心から宮前の全てを求めていることを伝えたかった。

「臣吾さん……」

ずっと口にするのを躊躇《ためら》っていた下の名前で呼ぶ。声は緊張で掠《かす》れ、上擦《うわず》ってしまった。

そろそろと彼の身体に顔を寄せ、首筋をチロリと舐《な》めてみる。

視界の隅で彼の顎《あご》がわずかに揺れた。

愛菜がどこまで仕掛けてくるのか窺《うかが》っているのだろうか。それ以上の反応は今のところなさそうだ。

それで愛菜の心に火がついた。

宮前が以前いつもしてくれたことを脳裏《のうり》に思い描く。とりあえず彼女自身がされて気持ち良かったことを真似てみよう。あちこちを同時に攻めるのは無理としても、頑張れば似たようなことはできる気がする。何とかなるだろう。

そう思い、本格的に覆《おお》い被さって、彼の硬い肌を攻略し始める。

肩は外気に晒《さら》されているのにパジャマを着ている彼女より温かい。

首筋に顔を埋め、今度はペロペロと舌を這わせながら、うわ言のように『好き』の二文字を繰り返した。

鎖骨を辿《たど》ったところで一旦唇を離し、耳たぶにかぷりと軽く歯を当ててみる。

「どうすれば、気持ちい、ですか……？」

吐息混じりに囁《ささや》いた。

「触りたい」

即座に返事が来て驚いた。上体を起こして彼の表情を窺う。

熱を孕《はら》んで揺れる瞳が、こちらを真っ直ぐ見上げていた。

その眼差しに、胸も腰も射抜かれてしまった。胸は高鳴りっぱなしで、足の間はここまでのお喋りと触れ合いだけで既に潤《うる》み始めている。

「触らせて」

「……どこを……？」

「愛菜の好きなところ」

「ッ！　……は、い」

宮前を押し倒したときからずっと、彼の大きな手は愛菜の腰に置かれたままだった。恥ずかしくて叫び出したくなる衝動を堪《こら》え、緊張に震える指でその手を取って己《おのれ》の胸元に導く。

厚手のパジャマの上から膨らみを包み込まれた。

「……中に何も着ていないのか」

こくこく頷《うなず》く。着替えたときからブラは付けていない。

無防備なそこが、彼の意のままにふにふにと形を変える。

指先が頂《いただき》を掠《かす》めた。愛菜はヒュッと息を呑み、瞼《まぶた》をきつく閉じて鋭い快感を誤魔化《ごまか》す。

「パジャマの上からだけで満足？」

「っ！」

少し掠れた低音は、まるで悪魔の囁《ささや》きだ。愛菜から羞恥心《しゅうちしん》と快感を引き出し、理性と自制心を奪っていく。

少し間を置いてから、愛菜は真っ赤な顔をふるふると振った。そして彼の手を胸の谷間まで持っていく。

襟口《えりぐち》の隙間から彼の指がスルリと忍び込み、素肌を優しく撫《な》でた。でもその先へ進む様子はない。狭い谷間をゆっくり行き来するだけだ。

下から見上げてくる宮前が、さらなる追い打ちをかけてきた。

「愛菜。ボタン、自分で外して」

――もう言葉が出ない。

意地悪なことを言われてるのに、ただ優しく扱われるときよりもずっとドキドキしている。もしかして私おかしいのかも……

そんなことを思いつつも、パジャマのボタンを自ら一つ一つ外していく。

前をそろそろとはだけて、彼の目の前に素肌を晒《さら》した。

今自分はどんな表情をしているのだろう。きっと真っ赤になって目には涙も浮かんでいるはず。

全然可愛くないに違いない。彼を落胆させていませんように——ついそんなことを祈ってしまう。

おずおずと宮前を窺《うかが》う。

すると濡《ぬ》れた瞳に射抜かれ、ギクリとした。

壮絶な色気を浴びせられ、身体が今にも溶けて崩れ落ちそうだ。

淫《みだ》らに誘う自分の姿が彼を煽《あお》っている……そう思うだけで全身が熱く潤《うる》んだ。肌を舐《な》め回すような彼の視線にひどく興奮させられる。

……ついさっきまで積極的に仕掛けていたつもりだったのに、気持ち良い思いをしているのは自分だけだ。

どうしてこうなった？

自問しても、答えを導き出せない。

照れと緊張と興奮が、ぐちゃぐちゃに混ざり合う。この先どんな流れになるのか、見当もつかない。

だけど不安はなかった。根底にあるのは彼への信頼からくる安心感だ。触れ合う熱が宮前のものならば、愛菜はどんな誘いにだって喜んで乗るだろう。例えば——

「……苛《いじ》められたい？」

ピク、と愛菜の身体が跳ねた。パジャマの合わせ目をキュッと握る。

……やはり彼は、自分が戸惑いつつも悦《よろこ》んでいたのを、正確に把握していたようだ。

宮前にならば何をされても嬉しい。苛《いじ》められても、強引にされても乱暴にされても、その根底にある想いを信じていられるから。

迷った末にコクンと頷《うなず》く。

彼の口から熱い吐息が零《こぼ》れた。次の瞬間、グイッと抱き寄せられ視界が反転する。

ラグの上に仰向けに転がった愛菜に、長身が覆《おお》い被さった。

「本当に嫌だったら言えよ？　言葉が出ないなら暴れていい」

宮前が掠《かす》れた声で低く囁《ささや》く。

それに返事をするより早く、愛菜の唇は濡《ぬ》れた感触に呑み込まれた。


躊躇《ためら》いなく仕掛けられたキスは、あっという間に深さを増していく。

ぬるぬると粘膜を擦《こす》り合わせる行為は、堪《たま》らなく気持ちがいい。それを教えてくれたのは目の前の彼だ。心にも身体にも、宮前に教えてもらったことが詰まっている。そんな自分自身が愛菜には誇らしい。

その後ベッドに移ってからも、与えられるキスに夢中で応《こた》えた。

熱い掌《てのひら》が再び膨らみを掬《すく》って全体を揉み上げる。先端に触れる指先は今までより力強い。甘さに包まれた鋭い刺激に背が跳ねた。

宮前はそんな愛菜の肢体《したい》を己《おのれ》の身体で押さえつけ、ぷくりと勃《た》ち上がる胸の突起を指の腹で苛め続ける。

愛菜も腕を伸ばして、広い背に縋《すが》りつく。全身にかかる彼の重みにすら快感を覚えて、熱っぽい吐息が自然に口から零れた。

ピチャピチャと肌を舐め合う。首筋を柔らかく食《は》まれたら、肌をくすぐる彼の髪に頬ずりし、耳をねぶられれば愛菜も真似て彼の耳に唇を寄せた。そしてまた唇を重ねて、唾液と吐息を混ぜ合わせる。

どちらかの一方的な愛撫《あいぶ》じゃない。

互いに触れ合って心と身体を淫《みだ》らに高めていく。心地好い温もりに溺《おぼ》れそうだ。

長いキスから解放されたとき、貪《むさぼ》られ続けた愛菜の唇はぽってりと赤く色付いていた。

宮前の顔が胸元に下りる。一度谷間に強く吸い付いた唇が、膨らみの片方を上り始めた。

指で捏《こ》ねられ敏感になった突起が、濡れた感触に包まれる。

「っ……！」

愛菜は短い呼吸を繰り返す。舐《な》め、吸われる度に背が跳ねるけれど、もう自分の意思ではコントロールできない。

以前より乱れてしまうのは、行為そのものが久しぶりだからか、それとも先ほど中断したせいで肌が飢《う》えていたのか。

もしかしたら、愛菜の身体は被虐的《ひぎゃくてき》な性癖に目覚めかけており、少し強い刺激だけで反応するようになってしまったからかもしれない。

宮前は身体をくねらせる愛菜を押さえ込み、愛撫を悦《よろこ》ぶ肌に次々と赤い跡を刻む。

パジャマをすっかり脱がされて露《あらわ》になった背や内腿《うちもも》にもキスマークが散らされた。

「……やらしい眺め……可愛い」

愛菜を上から眺め、掴《つか》んだふくらはぎに舌を這わせながら、宮前はわずかに口角を上げる。

その表情の変化にぼうっと見惚《みと》れていた愛菜は、我に返って慌てて胸を隠した。

「胸もだけど、今言ったのはここのこと」

焦《じ》らすような手つきで内腿を撫《な》で続けていた熱い掌《てのひら》が、足の間にスルリと割り込んだ。そこにあった下着をずらして、長い指が奥へと潜《もぐ》り込む。

秘裂に軽く触れられただけで、クチュリと水音が響いた。

「ほら、自分でも分かるだろう……俺がこうする前からこんなに濡《ぬ》らしてる」

いつしかぐっしょりと濡れていた薄布の内側で、指が気ままに動く。高まる水音。

こうして弄《いじ》られる前から自分が淫《みだ》らな液を溢れさせていたことを突きつけられ、恥ずかしくて堪《たま》らない。なのにその羞恥心《しゅうちしん》が快感へとすり替わっていった。息が弾む。

愛菜のもので濡れた指は、何の抵抗もなく秘裂の奥へと進んだ。

「中もすごい……そんなに欲しかった？」

同時に別の指が小さな粒を優しく捏《こ》ねる。

「……っ！」

ビクンと跳ねた身体に、すかさず長身が覆《おお》い被さった。

再び与えられる執拗《しつよう》なキス。息継ぎまで奪われて、思考がだんだんと霞《かす》んでいく。浮かぶ言葉は『好き』と『気持ち良い』の二つだけ。

今までは怖くて堪らなかった花芯への愛撫《あいぶ》も、今は何故かあまり恐怖を感じなかった。

宮前なら大丈夫。

どんなに乱れても、彼なら全て受け止めてくれる。淫らな身体を軽蔑したりしない。濡れる愛菜を『可愛い』と言ってくれるのだから。

鋭すぎる刺激に身体が勝手に跳ねる。揺れる腰に寄り添う肌の熱さが、快感と同時に安心感も与えてくれた。

中を犯す指を熱く包んで奥へ奥へと誘う。

そんな身体の反応を感じ取ってか、宮前は愛菜にさらに深く強い刺激を与え続けた。

——来る。

でもそれが一体何なのか、愛菜は知らない。

初めて肌を重ねた夜から彼の手指や唇に慣らされ、拓《ひら》かれた身体が、今までになく昂《たか》ぶっていく。

腰奥が甘く疼《うず》く。身体の芯に溜まった熱が大きく波打って爆発しそうだ。

……彼を心から信じられたこと、気持ちを通じ合わせたことが引き金になったのだろう。

力の入らない手で、助けを求めるように彼の頭を抱き込んだ。

膨らみの先端を舌で激しく転がされ、下肢《かし》では花芯と内壁の一部分を強めに攻められて、大きく開かされた太腿《ふともも》がガクガクと揺れる。

意識していないのに足先がキュッと丸まって――

「あ、ぁっ……！」

瞼《まぶた》の裏で、何かが弾けた。

初めて体験する衝撃だった。

自分の身に何が起こったのかさえ、よく分からない。

ドッと汗が噴き出す。心臓がうるさい。短距離走で全力疾走した直後みたいだ。

詰めた息を吐き出し、呼吸を再開しても、酸素が上手く取り込めない。

苦しくて、けれど全身が充足感と心地好い脱力感に満たされている。

「愛菜、達《い》けたな」

愉《たの》しそうな低音が首筋から響いた。

顔中にキスを受ける。額、鼻先、頬や唇も繰り返し啄《ついば》まれながら、はぁはぁと荒い息継ぎを繰り返す。

自分の置かれた状況がまだ把握できない。それにどうして彼は上機嫌なのだろう。

……呆然とする頭に一つの考えが浮かび上がった。

もしかして以前、宮前が怖がる愛菜を宥《なだ》めながらも手加減のない愛撫《あいぶ》を加え続けたのは、絶頂《これ》を体験させたかったから……？

いつものように枕元に腕を伸ばして戻ってきた彼はとても嬉しそうだ。醸《かも》し出す気配がひどく甘ったるい。

愛菜の機嫌を窺《うかが》うように、汗ばむ肌の上を唇が滑る。やがて長い指が体内からぬるりと引き抜かれた。その喪失感を感じる間もなく、彼の昂《たか》ぶりに鋭く貫かれる。

「好きだ……っ」

「あぁっ、――っ！」

愛菜は呆気ないほど簡単に二度目の絶頂を経験した。

「くッ……」

宮前は息を詰めてその強い締めつけをやり過ごし、二度、三度と切っ先を進める。

屹立《きつりつ》を根元まで沈めたところで大きく息を吐いた彼が、ふと目を細めた。

「声、出てる」

「……え、っ……ぁん……!?」

軽く揺さぶられて、反射的に口から零《こぼ》した音に驚愕《きょうがく》する。

途端に動揺し始めた愛菜を、宮前は慈《いつく》しむように優しく抱き締めた。額に口付ける彼の眼差しは、蜜のように甘い。

一旦引いた腰が、またジワジワと深く沈んでいく。狭い体内を彼の猛《たけ》りがゆったりと行き来するごとに、またかすかな嬌声《きょうせい》が唇から零れ出る。

……こんな声は知らない。

本当に自分の口から出ている音なのかと疑いたくなるような、甘い媚《こ》びた啼《な》き声。それが部屋の空気を艶《つや》やかに震わせる。

「あッ……ん、っふ……っ！」

思わず唇を手の甲で押さえた。すると、彼が内壁を擦《こす》り上げる度に、呼吸に混じって高い音が鼻から抜けていく。

どうしよう。

何をどうすれば声を抑えられるの……？

全身がカーッと火照《ほて》る。恥ずかしい。今までずっと声を出そうと必死だったのに、今度はそれを抑える方法が分からない。

過去に観《み》たＡＶに出てくる女優は、同性から見ても色っぽい喘《あえ》ぎ声を出していた。

でも愛菜の口から漏《も》れる音はイメージと全然違う。理想からは程遠い。異性を誘う淫《みだ》らな嬌声《きょうせい》というより、か弱い動物の鳴き声みたいだ。

「んんっ……」

「堪《こら》えなくていい、俺にしか聞こえない、っ」

不意に手首を掴《つか》まれた。口元を覆《おお》い隠していた愛菜の手を取ってシーツに縫い止め、宮前が勢いをつけてズッと腰を進める。

突然深く穿《うが》たれ、愛菜の理性は瞬《また》く間に砕け散った。残ったのは快楽を貪《むさぼ》ろうとする欲望だけだ。

彼の猛《たけ》りが繰り返し体内を犯す。激しさを増していく行為は留《とど》まることを知らないかのようだ。

「つや……ぁ、あっ……！」

彼の逞《たくま》しい身体に縋《すが》りついて愛菜は喘ぐ。

愛菜の手首を解放した宮前が、片手で胸を覆った。柔らかな膨らみを揉みしだかれ、合間に頂《いただき》をキュッと摘まれて、背がしなる。律動に合わせて揺れる腰の奥で内壁がきつく締まった。

痛みはなく、最初にあった圧迫感は快楽に塗りつぶされて、今はただ気持ち良くて堪《たま》らない。

知ったばかりの高みがまた目前に迫っている。

「ひ、ぁッ……んん……っ！」

「……愛菜の喘ぎ声が……こんなに可愛いなんて、思わなかった、ッ」

「っ……待っ……だめ、っだめ……！」

必死にお願いしたつもりだった。なのに愛菜の望みは受け入れられず、彼の動きはますます勢いづく。ぐちゅぐちゅと響く水音に、肌のぶつかり合う音が重なった。

強引に高みへと連れていかれる。

「——ッ！　……っは、はぁっ……っふ、ぅん……っ」

弛緩《しかん》する愛菜に合わせて宮前の腰の動きが緩やかさを取り戻した。そして上手に啼《な》けたことへのご褒美《ほうび》のように、甘ったるいキスをくれる。

自分が達《い》くのか、それとも何かが来るのか……

唇を合わせたまま、ぼんやりしながら考えても、やっぱりよく分からなかった。欲望に蕩《とろ》けた頭はまともな思考力を既に手放している。

我が物顔で口腔を動き回る舌にこちらからも擦《す》り寄った。互いの舌がねっとりと絡む。

「……愛菜」

唇を解放した宮前が、至近距離から見下ろして愛しげに名を呼んだ。

情欲に溢れた瞳が愛菜を窺《うかが》う。その表情からは、普段の冷静さや余裕らしきものは感じられない。

体内がまた疼《うず》いた。

熱っぽい眼差しに煽《あお》られて、湧き上がるままに想いを喘《あえ》ぎに載せる。

「すき……っ、好き……！」

「俺も、っ」

告白を受け取った宮前は悩ましげに眉根を寄せ、目を細めた。

素肌を撫《な》で回していた大きな手が、細腰を掴《つか》みグッと支える。最奥を小刻みに突き上げられた。

零《こぼ》れかけた嬌声《きょうせい》が唇ごと奪われる。

繋がる場所からぬちゅぬちゅと卑猥《ひわい》な水音が響き、さらに快感が高まっていく。

鼻から抜ける媚《こ》びた高音を他人事《ひとごと》のように感じながら、夢中になって欲望を駆り立てた。

「……っは……」

「あ、んッ」

口腔を貪《むさぼ》り尽くした宮前が不意に上体を起こした。片足が浮く。

繋がったままの身体が、戸惑う間もなくクルリとひっくり返された。

腰にあった手が肌とシーツの隙間に潜《もぐ》り込む。自らの重みで潰れる胸が再び硬い掌《てのひら》に包まれた。

先端を潰すように指で捏《こ》ねられる。

枕に埋めた顔をもう片方の手が撫でる。

忙《せわ》しなく息を継ぐ唇の隙間に、長い指が差し込まれた。

「ふぁ、っ……！」

再開した律動に合わせて指先が舌をくすぐる。愛菜は口腔を占領する指を素直に受け入れ、ピチャピチャと舐《な》めた。

閉じることを許されない口から漏《も》れるのは、自らの甘え切った声ばかりだ。それに体内を貫くリズミカルで淫《みだ》らな音も加わって、まるで鼓膜まで犯されているような錯覚に襲《おそ》われる。

髪に吐息が掛かった。熱い舌が愛菜の素肌を大胆に這う。黒髪を除けた唇がうなじを食《は》んだ。

時折チリッと走る鋭い刺激に息を呑む。

柔肌に軽く歯を立てられても、所有の印を刻まれても、宮前の唇を制止する気は微塵《みじん》も起きない。身も心も彼に征服されて、嬉しいとしか感じなかった。むしろもっと支配されたい、自らの全てを明け渡したいとさえ思えてくる。

内壁を擦《こす》り上げる切っ先は、角度を変えて先ほどとは違った愉悦《ゆえつ》を愛菜にもたらす。深い挿入のまま腰を揺すられると、最奥の扉の、さらに奥まで侵入されそうだ。激しい動きではない。なのに貪欲に突き上げられるとき以上の快感が襲ってくる。

「つん、ぁ、ふ……ッ」

唾液に濡《ぬ》れた指が唇を一撫《な》でして離れた。茂みの奥へと伸び、小さな粒を捉える。

「や、ぁっ……！」

律動に酔いしれる身体に、鮮やかな刺激が駆け抜けた。

体内を容赦《ようしゃ》なく暴《あば》かれ、速度を上げていく屹立《きつりつ》に繰り返し穿《うが》たれ、同時に何箇所も敏感な場所を弄《もてあそ》ばれて、彼の愛撫《あいぶ》に慣れ切った肌が瞬《また》く間に追い立てられていく。

短時間で達し続けた身体は、絶頂へのトリガーが驚くほど軽い。

「臣吾さ、っぁ、ぁ……っ――！」

「っ、……！」

内壁が大きくうねり、息を詰めた愛菜に合わせて強く収縮する。

体内に咥《くわ》え込んだ猛《たけ》りは、その締めつけに促《うなが》されて自制を手放したらしい。

両手で掴《つか》んだ細腰を高い位置へと引き上げた彼に、がつがつと大きく揺さぶられる。か弱い啼《な》き声と卑猥《ひわい》な水音、そして肌を打つ音が響いた。

苦しいくらいの激しさに愛菜は抵抗できない。逃げる体力は残っていないし、すっかり従順になってしまった頭は彼が何をしたって許してしまうだろう――そんなことを心の隅で思う。

やがて抉《えぐ》るように深い場所を貫いた欲望が最奥で弾けた。

ビクビクと震える切っ先から迸《ほとばし》る情熱を薄い膜越しに受け止める。同時に宮前から全て搾《しぼ》り取ろうとするかのように内壁が大きくうねった。

背後から届く荒い息遣い。彼に愛されたことはもちろん、彼を満足させられたことが堪《たま》らなく嬉しい。

湧き上がる幸福感に恍惚《こうこつ》としながら、愛菜は全身から力を抜き、シーツに身を沈めた。

四肢を絡ませ合いながら、どちらからともなく眠りに就く。

やがて隣で宮前がノソリと身を起こす気配を感じ、フッと目が覚めた。彼はそのまま部屋を出て、戻ってくる。

常夜灯だけが灯る室内は薄暗い。今何時だろうと思ったけれど、時計を手に取る気力もなかった。

愛菜はペットボトルを呷《あお》る恋人の姿をぼんやりと眺めた。

ベッドに戻った彼が隣に横たわる。

ふと視線が交わった。

見つめ合うこと数秒。

あからさまに不機嫌顔になった宮前は、おもむろに愛菜の胸に顔を埋《うず》めてくる。

……はっきりと表情に変化があるということは、寝惚《ねぼ》けているのだろう。

しかも不満顔。こういうときの彼は口が悪い。というか反抗期の子どものような口調になる。日によってはひどく甘えたがるときもあった。

どちらにしろ愛菜は素直に話を聞くことにしている。どんな言葉や態度であれ全て彼の本音だと思うと止める気にはなれなかった。落ち着いた態度の裏で溜め込んだ感情《ストレス》を無意識に吐き出しているのなら、全部受け止めてあげたかった。

思えば、宮前は本当に不器用な人だ。良くも悪くも隠し事ができない。もし彼の真意を知りたいと思ったら、寝起きに尋ねるだけでいいのだから。

だけど、それが騙《だま》し討ちのような行為だと気付いてからは、この状態で質問することは極力控えていた。

「……なあ、アイツだろ」

不機嫌顔からどんな言葉が飛び出すのかとドキドキしていたら、彼は地を這うような低音でボソリと呟《つぶや》いた。

その一言で、昼間のデート中に遭遇《そうぐう》した寺嶋達のことだと悟る。やっぱり彼と愛菜との間にある空気に何か思うところがあったらしい。

「おまえにイロメつかいやがって。ハラたつ。おんなつれてナンパとかバカじゃねぇの。……でもあのヤローがいたから、いまのおまえとしりあえた、とかおもうと……ムカつくのに、何もいえなかった。……おれもサイテーだ」

宮前は柔らかな膨らみに顔を押しつけ、溜息を吐く。

そんな彼をそっと抱きしめて、ゆったりと頭を撫《な》でた。言葉は返さない。言いたいことはたくさんあるけれど、今はただ黙って話を聞く。

「クソガキが。……タンショーのヘタクソっていってやればよかった……」

「えっ」

……つもりだったのに、思わず声が出てしまった。

びっくりする愛菜に構わず、寝惚《ねぼ》けた宮前の独白は続く。

「やっぱいいや。いまのおまえは、おれだけだもんな」

「……」

何、その着地点。

いや間違ってないけど。

「んー……ねる……」

しかも、言うだけ言ったら納得したらしい。

「……おやすみにゃ……あいにゃ……」

宮前は、それまでとは打って変わって甘え切った声を出して愛菜を呼ぶと、目の前にある柔肌に頬《ほお》ずりしながら舌を這わせ、腰や尻の感触を愉《たの》しむようにサワサワと撫でる。

やがて大きく深呼吸すると、そのまま沈黙した。

寝入ってしまったのだろう、腰に回った腕の重みが増す。はっきりと喋っているのに普通に二度寝に入れるところはすごいといつも思う。

愛菜は何とも言えない気持ちのまま、パジャマを着込んで横たわり、瞼《まぶた》を閉じた。


「――それでいろいろ考えているうちに目が冴えちゃって、明け方まで眠れなかったんです」

朝の恒例行事となった寝惚《ねぼ》け発言の報告を終えて、愛菜は欠伸《あくび》を噛み殺す。

「……悪かった」

ひと通り聞いた宮前は、額に手を当てて項垂《うなだ》れた。

明け方になってようやく寝入った愛菜が再び目を覚ましたとき、宮前は既に起きていた。だから彼は、今日は寝起きの失言がなかったと思っていたらしい。

相当凹《へこ》んでいる様子の彼を見て、何とかフォローできないかと少し悩んで……結局、先ほど彼に優しく見守られて目覚めたときに頭に浮かんだことをそのまま告げることにした。

「昨日二人に宮前さんを紹介したとき、『一番大切な人』って言ったの、覚えてますか」

「……ああ」

「私、あのときより今の方がずっと、……宮前さんのこと、好きな気持ちが大きいかなって」

だから他の人のことを入れるような心の隙間はありません、と早口で続けて、照れた顔を毛布で隠す。

朝から告白なんて恥ずかしくて堪《たま》らない。

けれど、これはきっと必要な言葉だ。彼が不安な姿を見せる度に気持ちを伝えよう。

そんな想いを胸に再び唇を開く。

「今日は、朝から一緒にいられて嬉しいです」

「……俺も。顔を見て朝の挨拶するの、久しぶりだな」

宮前は、毛布ごと愛菜を抱き締めた。

「昨夜、初めて『好き』って言ってくれたのもすごく嬉しかったです」

彼の身体がギクリと強張《こわば》る。愛菜を包む温もりがパッと離れた。

毛布の中からそうっと顔を出すと、ベッドの縁《へり》に腰掛けた彼の背中が見えた。どことなく照れた雰囲気が滲《にじ》んでいて、愛菜まで気恥ずかしくなってくる。

快楽の酔いから覚めた爽やかな朝のはずなのに、部屋を満たす空気は、まるで夜の延長みたいに濃密で甘ったるい。

「……なあ愛菜、昨日買ったプレゼントどこにある？」

「バッグの中に入ってます」

「今開けてみないか？　……ほら、出ておいで」

一つ咳払いした宮前に抱き起こされ、毛布を半分剥《は》がされた。長身がベッドを下りる。

コタツの上に置きっぱなしだったバッグを持って戻ってきた彼は、微妙に愛菜から視線を逸《そ》らしていた。

その頬がほんのり赤く見えるのは気のせいだろうか。

愛菜と向かい合わせに座った彼は、箱から取り出した中身をそっと掲げる。

ホワイトゴールドのチェーンの先端で、雫《しずく》をモチーフにしたトップが小さく揺れた。


『普段から身に着けられる物を贈りたい』

昨日ジュエリーショップに愛菜を連れていった宮前は、まず真っ直ぐ彼女を見つめてそう言った。

愛菜は雑貨店にあるような可愛いアクセサリーならともかく、本格的なジュエリーにはあまり慣れていない。ものすごく迷い、悩みに悩んだ末、候補に上がった中で一番着け心地が軽く、デザインが気に入った物を買ってもらった。

実のところ、宮前はプラチナリングを第一候補に考えていたらしい。

最初にリングの展示されているコーナーの方に手を引かれたときはどうしようかと思ったが、丁寧かつ全力で辞退した。

もし指輪をもらってしまったら、家でも会社でもずっと手を眺め続けてしまうだろう。デキる女を目指している以上、指輪に見蕩《みと》れて仕事を疎《おろそ》かにするなんてもってのほかだし、だらしないデレデレ顔を同僚達に晒《さら》すのも恥ずかしい。

かといって業務中は外すというのも、彼の気持ちを軽く受け止めているようで嫌だ。

……そんな理由を一生懸命《けんめい》説明していたら、店員が生暖かく……いや微笑ましく（？）見守っているのに気付き、愛菜が顔を真っ赤にしたのはほんの余談である。


「似合いますか？」

「もちろん」

宮前の手によって首元に飾られたそれに、自分でも触れてみる。

パジャマ姿で初お披露目《ひろめ》というのはちょっと気恥ずかしい。

照れる愛菜の髪を、宮前の大きな手が柔らかく撫《な》でる。

どちらからともなく唇を重ねた。ちゅ、ちゅっと互いに啄《ついば》んで額を寄せ合う。

鼻先が触れ合った。思わず笑みが零《こぼ》れる。至近距離から見つめていると、彼の口角もかすかに持ち上がった。

唇の上を這う親指に促《うなが》されて、ほんの少しだけ唇を開く。チロリと舐《な》めてくる舌先に強引さは欠片《かけら》もない。まるで愛菜の機嫌を取るような動きだ。

一旦離れて今度は自分から宮前の唇を舐めてみる。すると彼は数度目を瞬《しばたた》いて、直後——蕩《とろ》けるような笑みを浮かべてみせた。

今まで見た中で一番の表情の変化かもしれない。もちろん寝起きのときはノーカウントとして、だ。

愛菜の腰が砕けたのはいうまでもない。腰どころか背骨まで一瞬で粉砕《ふんさい》された上に溶けて消えた。

心臓がバクバクうるさい。

鏡を見なくても分かる。顔はきっとまた真っ赤になっているだろう。

「……今のは、反則じゃないでしょうか……」

「何が」

愛菜の抗議に宮前は首を傾《かし》げる。心底意味が分かっていないと言いたげな雰囲気だ。ということは、今のキラースマイルは無意識か。こっちは息も絶え絶えだというのに。

こういうことをされると、彼にはしばらく無表情でいてもらいたいとすら思ってしまう。……いや、表情が動くこと自体は彼にとって喜ばしい変化なのだから、愛菜も素直に喜ぶべきなのだろう。

彼が微笑むのは愛菜の前だけだし……って、何この満足感。自分にも人並みの独占欲はあったらしい。新たな一面に気付かされ、内心驚く。

……とにかく反撃だ。いくら相手が彼でも、いや彼だからこそ？　やられっぱなしはやっぱり悔しい。

うっかり降参しかけたふにゃふにゃなメンタルを回復させるために少しだけ間を置き、改めて彼に向き合う。

「宮前さん」

「ん？」

「好き」

ありったけの想いを込めて告白した。微笑んでいた宮前が、怖気《おじけ》づいたように口を噤《つぐ》む。

カウンターは一応成功したらしい。

改めて告白することで愛菜が密《ひそ》かに何を期待しているのか、察したのだろう。押し黙ったのがその証拠だ。

「……言われて嬉しい気持ちはものすごく理解できるが、それは俺にとっては簡単に返せる言葉じゃない、というかだな……」

散々躊躇《ちゅうちょ》した末に、ボソボソと低く呟《つぶや》く。愛菜は小さく苦笑した。

宮前がこういうことをはっきり言えないタイプの人間なのは既に知っている。昨夜一度だけ囁《ささや》いてくれたから今も少し期待してしまったけれど、彼にしてみればあれぐらい勢いがなければ難しいのだろう。

躊躇《ためら》う彼に無理やり言ってもらっても、きっと心から喜べない。またいつか自然に気持ちが高まったときに言ってくれるのを待とう。

「あまり深く考えないでくださいね。私が言いたいだけなので」

「……そうじゃなくて、だから」

言い淀《よど》む顔を至近距離からジッと見つめる。

これでもかというほど視線を泳がせて、挙動不審な態度を見せた彼は、やがて大きく深呼吸して愛菜に視線を据《す》えた。目元が仄《ほの》かに赤い。

「多分滅多に言えないから覚悟して聞いてくれよ……」

照れながら、噛み締めるようにゆっくり一言、二言と紡いでいく。

「……だから、その……俺にとって愛菜は自慢の恋人というか、可愛くて、大切で、何もかもを独占したいと思いたくなる存在というか……とにかく、気持ちが溢れて苦しいくらい、愛しくて愛しくて堪《たま》らない……って、……愛菜？」

その言葉は『好き』の二文字が霞《かす》むくらいの威力で。

つい先ほど放たれた天然殺戮兵器《キラースマイル》にも匹敵する破壊力で。

心臓どころか頭から足先までを撃ち抜かれた愛菜は全身を真っ赤に染めて、くったりと彼の胸に沈み込んだのだった。


そうしてしばらく互いの温もりを分け合う。

やがて、言葉の余韻《よいん》に浸《ひた》っていた愛菜に、頭上から柔らかい声がかかった。

「来週……もう今週か、時間が合ったら一緒に帰ろうな」

彼の腕の中でわずかに顔を上げ、小首を傾《かし》げる。

「忙しさは一段落しそうですか？」

「さすがに〝湖西ショック〟もそろそろ落ち着くだろう。そうじゃないといい加減困る」

宮前は愛菜の髪に頬を寄せつつ、瞼《まぶた》を閉じて重い溜息を吐いた。

――〝湖西ショック〟。

先月末に湖西が入籍したことで、社内にすさまじい嵐が吹き荒れたのだ。

堀田のように憧れ程度の感情しかなかった女性社員達は『結婚したんだって！』と騒ぐだけで済んだのだが、本格的に熱を上げていた一部が湖西に突撃したそうだ。それも業務時間中に。

湖西本人が対応するとヒートアップするだけだからと、課内の男性社員が盾役になったらしい。

中でも宮前が率先して彼女達を捌《さば》く役目をこなしていたのだとか。

湖西のフェロモンの虜《とりこ》になっていた女性達に対処するのは大変だったろう。噂に疎《うと》い愛菜の耳にも修羅場っぷりが届くくらいだから、実際の現場が相当悲惨だったことは予想がつく。

げんなりとした気配を滲《にじ》ませる彼の頭をよしよしと撫《な》でた。

騒動は一応収束に向かっているようだ、とは、先日のランチのときにも堀田達から聞いたばかりだ。湖西本人の口から新妻溺愛発言が出たことで、フェロモンから醒《さ》めた女の子もちらほら現れ、周囲も落ち着きつつある、と。

しかし――

「――まだ言い寄る女の子がいるんですか」

「〝人のものになった途端に奪いたくなる〟ってタイプの子がうちの課の、それも新企画メンバーの中にいたんだよ。それで足並みが乱れて課長がキレた。ここのところバタバタしてたのは、もう少しで企画が始動するって段階で人員の入れ替えを強行したせい」

「それは……大変でしたね」

「大変だった」

普段は決して仕事の愚痴《ぐち》を零《こぼ》さない彼がここまで言うとは、相当ハードだったのだろう。

「お疲れ様です……でも貴重なお休みを私に使っちゃったら疲れが溜まりません？」

「構わない。むしろ癒《い》やされる」

宮前が擦《す》り寄り、ぱくりと耳たぶを食《は》んでくる。

ピク、と跳ねた背に回されていた手がゆったりと動き始める。もう一方の手は愛菜の首筋に添い、身に着けたばかりのチェーンを指で辿《たど》った。

「今日はどうする？　どこかに出かけるか？」

低い声で囁《ささや》かれ、ゾクリと震える。

脇腹をくすぐるように撫でられ、軽く息を詰める。

「っ……お家デートで」

「いいの？」

「駄目ですか……？」

「いや、大歓迎」

至近距離で見つめてくる瞳が、柔らかく細められる。ペロリと舌舐《な》めずりをするその表情から目が離せない。

先ほどの笑顔といい、いつの間に彼は——こんなに感情を表に出すようになったのだろう。

髪を梳《す》く指が後頭部に置かれた。唇が迫る。

響く音は軽やかなリップ音から次第に濡《ぬ》れた音へと変わっていく。

「う、ん……んん……っ」

カァッと頬が火照《ほて》った。密《ひそ》やかな甘え声が自《おの》ずと鼻から抜ける。

ゆっくりと濃密さを増していくキスに応《こた》えながら、愛菜は全身から力を抜いた。

12

自宅デートは良いものだ。

繰り返す。いや若干訂正する。自宅デートは最高だ！

以前の自分はどれだけ贅沢《ぜいたく》で我儘《わがまま》だったんだろう——

翌週末、愛菜は午前中から宮前の部屋に遊びに行った。

最後にここを訪れたのは約二ケ月前。

酔った勢いで暴言を吐き、寝室で独り後悔の渦《うず》の中にいた、あの夜以来の訪問になる。

だから、駅から徒歩で向かう最中は緊張してしまったけれど、並んで歩く彼の穏やかな雰囲気のおかげで次第に落ち着くことができた。

久しぶりに見たルンちゃんをひとしきり愛《め》でていると、途中で取り上げられたので、そのまま日の高いうちから彼と戯《たわむ》れ合う。

夕食時は並んでキッチンに立った。〝油を使わない調理器具〟で一緒に料理を作り、出来上がった揚げ物の味をああでもないこうでもないと話し合う。

共に過ごす時間は、今まで以上に満ち足りた空気に包まれていた。

宮前は、先週末の夜を境に『プライベートな空間にいるときはベタベタするのが当たり前』と開き直ったようだ。愛菜の方も求められると喜んで彼に全てを委《ゆだ》ねてしまうのだから、文句なんてない。

自分達の関係はこれで良いのだろう。

他人の目に触れる場所では自制しているし。

……最高の快感を覚えた肌は、以前に比べて昂《たか》ぶるのが速いような気がする。

加えて喘《あえ》ぎ声も、彼に煽《あお》られているうちに自然と出るようになった。愛菜にとってはそれは衝撃の新境地だった。『喘げない』と悩んでいた頃の自分が信じられない。

いつも優しい宮前が、睦《むつ》み合うときだけ意地悪を仕掛けてくるのも新しい変化の一つだった。

「――おいで」

艶《つや》のある低い声に誘われて、宮前の待つベッドまで歩み寄った。湯上がりの身体を抱き寄せられる。

宮前の告白から三週間。以来、愛菜が週末に帰る場所は、決まって彼の部屋だった。これは愛菜が希望したからだ。喘《あえ》ぎ声が出るようになると、自室の壁の薄さが気になってしまって、彼を自宅に呼ぶことが躊躇《ためら》われるようになった。ベッドも宮前のものに比べると狭いし。

彼としても自分のテリトリーに愛菜を招いてあれこれする方が良いらしい。

「……っ」

唇が重なる。煌々《こうこう》と明かりの点《つ》いた寝室に舌を絡ませる水音が響いた。

大きな手がパジャマ越しに胸の膨らみを包み込む。最初は表面を辿《たど》るだけだった動きは、やがて弾力を確かめるようなそれに変わった。

「あ……っ」

硬い腕にやんわりと促《うなが》され、ベッドに寝かされる。そんな愛菜の上に長身がのし掛かった。はだけられて露《あらわ》になった首元から耳までを、濡《ぬ》れた唇が軽いタッチで辿っていく。パジャマのボタンをプチプチと外され、瞬《また》く間に素肌が晒《さら》される。

「待って……電気、っ……」

「今夜はこのままで」

「え、なっ……」

「恥ずかしがる愛菜が見たいから。……ほら、隠さない。手は俺の方に」

彼の唇が耳元をくすぐり、機嫌を窺《うかが》うように首筋を撫《な》でて、ちゅ、ちゅっと音を響かせながら下りていく。

大きな手に包まれた膨らみを、舌先がヌルヌルと這い始めた。頂《いただき》を避けて周囲ばかりを舐《な》め上げる。刺激に飢《う》えたピンクの突起は、触れられてもいないのにプクリと勃《た》って彼を誘う。それでも宮前はそこに触れてはくれない。

「臣、っ……」

「……ん？」

代わりに、とばかりに息を吹きかけられる。たったそれだけで愛菜は快感に震えた。

腰奥がきゅぅんと締まる。身体に火が灯っていく。

強い刺激を与えられたわけじゃない。なのに、既に白旗を上げたい気分だ。

宮前の顔を見上げるだけで体内が甘く疼《うず》く。欲望を隠そうともしない視線に煽《あお》られる。

睦《むつ》み合う最中、いつもこんな風に自分を見つめていたのか——そう思うだけで、背筋がゾクゾクして堪《たま》らなかった。今の段階でこれでは、もっと先に進んだときには一体どうなってしまうんだろう。

羞恥《しゅうち》に濡れた抵抗感と、欲望にまみれた期待感が胸の中でせめぎ合う。

揺れる心の天秤《てんびん》は、谷間に甘く吸いつかれたことで呆気なく後者に傾いた。

「……さ、わって……」

「どこを？　ここ？」

長い指がスルリと下肢《かし》に伸び、下着の中に潜《もぐ》り込んだ。

「ッ！」

愛菜が溢れさせた蜜の助けを借りて、ぬかるみに沈んだ指は滑らかに内壁を撫でる。長い指がくちゅくちゅと音を奏《かな》でた。繰り返し擦《こす》り上げられる度に、新たに溢れ出たぬめりが彼の指を濡《ぬ》らす。

「違っ……ぁ、ぁッ……！」

「こっち？」

中を彷徨《さまよ》っていた指先が、愛蜜を絡めたまま花芯に触れた。小さな粒をくすぐられる。ビクビク跳ねる腰はもう自分の意思では制御し切れない。

彼はやっぱり、ベッドの上では意地悪だ。

明かりを点けたままにしておくのも、愛菜がどこに触れてほしいのか分かった上でこんな風に仕掛けてくるのも、最初に告げた通り愛菜の羞恥《しゅうち》を煽《あお》るためらしい。

「……や、……っ！」

涙が滲《にじ》む。唇が震える。火照《ほて》った顔を振ってイヤイヤと身悶《みもだ》えると、ふるんと揺れた胸の先端が唐突に熱く濡れた感触に包まれた。

「ひぁッ……！」

胸元でピチャピチャと濡れた音が響く。

色付く先端を舐《な》められ、舌で転がされる間も、花芯と秘裂への愛撫《あいぶ》は止まらない。

愛菜本人よりも愛菜の身体を知り尽くした手指に敏感な場所ばかりを同時に弄《いじ》られる。その間、何度も鋭い快感が腰奥から背筋に駆け抜けた。うわ言のように「ダメ」を繰り返しても、彼の動きは止まらない。

組み敷かれた身体はあっという間に絶頂へと押し上げられる。背が大きく仰《の》け反《ぞ》った。

「や、っあ、ぁ、――ッ！」

一拍置いて全身から力が抜ける。けれど胸の頂《いただき》をキュウッと吸われて、また腰が跳ねた。

「……もう少し焦《じ》らすつもりだったのに。あんまり可愛く啼《な》くから止まらなかった」

胸から口を離した宮前が首筋に顔を埋めて囁《ささや》いてくる。

ホワイトゴールドのチェーンにふっと掛かった熱い吐息は、笑いを含んでいた。

「……っ？」

「また感じやすくなったんじゃないか？　――次は俺を見ながらだな。達《い》く顔見せて」

腕と下肢《かし》にまとわりついたパジャマと濡れた下着を次々に脱がされる。宮前も全て脱ぎ去り、逞《たくま》しい胸板を愛菜に密着させた。

「あ、っん、んんっ……」

再び始まる甘ったるいキス。優しい唇とは裏腹に、愛蜜に濡れた指先は容赦《ようしゃ》なく快感を与え続ける。敏感な粒をくりくりと捏《こ》ねられ、体内では内壁の一点を押すように撫《な》でられて、震える唇からは吐息混じりの喘《あえ》ぎが漏《も》れる。かすかな音量ながら、一度堰《せき》を切ってしまうともう声は止まらない。

今夜二度目の絶頂が間もなくやってきて――

……その瞬間を、至近距離からじっくり見つめられてしまった。

黒髪を避けて汗ばんだ額をチュッと啄《ついば》む宮前は、表情はそれほど変わらないものの、何だかとても嬉しそうだ。

彼の望みを叶えるためとはいえ、やっぱり恥ずかしくて堪《たま》らない。

もしかするとこれは……先週の日曜、昼間からソファで求められたのだが、そのとき『明るいからダメ』と拒《こば》んだことへの意趣返しか。

最近の宮前は本当に貪欲《どんよく》というか、奔放というか、ちょっと嗜虐的《しぎゃくてき》に愛菜を翻弄《ほんろう》するようになった。

でも……それが嫌じゃない、むしろ少し嬉しいなんて感じてしまうから、自分の恋愛脳も始末に負えないと思う。

「……ん、ッ」

太腿《ふともも》を抱えられた。薄膜に覆《おお》われた硬い屹立《きつりつ》が、ぬちぬちと秘裂を前後したかと思うと、愛蜜のぬめりを借りてじわじわと体内へ沈み始めた。

彼を受け入れるため、息継ぎを繰り返す。待ち望んだ刺激に歓喜して、内壁がキュウッと締まった。

「はぁ、はっ……ぁ、ん……っ」

「っ……」

力を抜いて柔らかく彼を迎え入れたいのに、堪《たま》らなくドキドキして、ゾクゾクしているせいか、彼を一層強く締めつけてしまう。

みっちりと愛菜を満たした宮前は、艶《つや》やかな吐息を零《こぼ》すと、緩やかに律動を始めた。

「っふ、ぁ……ッあ、ぁ、ぁっ……！」

貪欲にうねり始めた腰奥が疼《うず》く。最奥を突かれると苦しいくらいに圧迫感があって、なのにそれすら気持ち良い。

宮前の猛《たけ》りによって秘裂から愛蜜がかき出され、内腿《うちもも》へトロトロと伝う。その濡《ぬ》れた感触にすら煽《あお》られた。

欲望を呑み込んで美味しそうに涎《よだれ》を垂らすなんて……と淫《みだ》らな妄想が頭を過《よ》ぎる。

まだセックスは上手くないのに身体はもう淫乱なんだと見せつけられているようで、頭の芯がクラクラした。

それを恥ずかしいと思う一方で、彼に乱されるなら構わない、なんて考えている自分は本当にどうかしている。

「愛菜、ッ」

「ぁ……臣吾さ、ッ……！」

いくつかの体位を経て、仰向けに寝る彼を跨《また》ぐ体勢になった。

下から突き上げられる度に愛菜は喘《あえ》ぐ。甘えきった高音が勝手に口をついて出る。

上体が前に倒れた。胸板にぶつかる寸前で熱い掌《てのひら》が膨らみを捕らえる。力強い律動に全身を揺さぶられながら、ぷくりと尖《とが》った胸の先端をくりくりと弄《いじ》られた。

少し強いくらいの刺激なのに、今の愛菜にとっては甘い責め苦にしか感じられない。

うねる内壁が咥《くわ》え込んだ屹立《きつりつ》をキュウッと締めつけた。

乱れた呼吸音と卑猥《ひわい》な水音が、明るい寝室の空気を淫《みだ》らに彩《いろど》る。

体内をグチュグチュとかき混ぜる屹立《きつりつ》が、少しずつ律動を速めていく。

「ッ、きもち、いっ……！」

逞《たくま》しい肩に縋《すが》っていた手に力が籠《こ》もる。太腿《ふともも》がガクガクする。もう限界が近い。また高みへと連れて行かれる――

「や、も、っだめ……すき、っあ、あぁっ――ッ！」

腰を掴《つか》まれて鋭く貫かれた瞬間、意識が白く弾けた。

衝動のままに体内に埋まる彼をキュウッと締めつける。

彼の顔が色っぽく歪《ゆが》んだ。

さらに数度激しく最奥を突き上げた屹立が欲望を解き放つ。

愛菜はそれを薄い膜越しに受け止めた。

そのままくったりと前に倒れ込む。荒い呼吸を繰り返す厚い胸板が、愛菜の下で忙《せわ》しなく上下していた。彼の速い鼓動が耳を打つ。

――嬉しくて、心地好くて、泣きたいくらいに幸せで。

込み上げる愛しさと幸福感に任せて、汗ばむ胸板にキスを贈った。

週半ばの昼休み。お馴染みのメンバー四人で連れ立って社食に向かう。

先日再編成されたランチの時間割りは、堀田や真野の願いも虚《むな》しく、湖西、千沢、そして宮前の所属する課とちょうど入れ違う形になってしまった。

彼らは一番手の組だから十二時半で休憩時間が終わり、愛菜達はその時間から昼休みが始まる三番手。以後一年はもう社食で宮前の姿を目にする機会はないだろう。湖西ショックで大騒ぎしていた堀田がさらに嘆いたのは言うまでもない。

お喋りをしながら四人は足早に廊下を進む。

今日の日替わりのB定食は新年度になってから新しく登場したメニューで、女性社員からの人気が高い。

午前の業務が順調だったおかげで、主任の計らいにより少し長めの昼休みをゲットできた。この時間から行けば確実にB定食が食べられる。先週はタッチの差で逃したこともあって、愛菜は楽しみで仕方がない。

そんな風にうきうきと心を弾ませていると、前方をよく知る姿が横切った。

「あ」

遠目から見ても、その長身を他人と見間違えることはない。

「なかちゃん?」

「ごめん、先に行ってて。後で合流するから」

安倍達三人に一言告げて、手元の書類を眺めながら歩く彼の姿を追いかける。

社内で逢《あ》えたのはどれぐらいぶりだろう。

こちらの課に来たときにチラ見したことは何度かあったけれど、面と向かってお喋りできるのは資料室に行った日以来かもしれない。

「――宮前さん、お疲れ様です」

背後から名を呼ぶと、宮前が立ち止まって振り返る。そして、足早に歩み寄る愛菜の姿を視界に入れた途端、表情を緩めた。

二人は和やかに向かい合う。

「今から社食？」

「はい」

ニコニコと笑う彼女に釣られたように、宮前の口角もわずかに上がる。

その手が不意に愛菜の細い首筋へと伸びた。

細いチェーンを撫《な》でる指先がくすぐったい。

胸元で輝くトップを手で軽く掬《すく》った彼が、ふと眉根を寄せる。

「……似合ってるし可愛いが……ブラウス着てると目立たないな。やっぱり指輪にするべきだったか」

ネックレスから離れた指が愛菜の左手を取った。そのまま持ち上げた愛菜の手の甲に口付ける。

唇が滑らかに動き、薬指の付け根で軽いリップ音を響かせた。

「左が駄目なら右手でも良い。ここに付けろよ」

――立ったまま意識が遠のきかける。

でもこれは宮前が悪い。二人きりでいるときの感覚で、ちょっとした触れ合いを許してしまった愛菜もいけないのかもしれないけれど、まさか手にキスされるなんて思わなかったのだ。

ここは社内、しかも昼休みで、幾人もの人が行き来している廊下のど真ん中。

大勢の人の目に晒《さら》される場所で、ここまで堂々と触れられたのはもちろん初めてだった。だからこそ、どうしていいのか分からない。

恥ずかしくていたたまれなくて、愛菜は上気した顔で困ったように彼を見上げた。けれど言葉が出てこない。上手い切り返しなんて咄嗟《とっさ》には思い浮かばなかった。

「お前最近ほんと可愛いから、余計な虫が寄ってきそうで心配」

固まった彼女にそう囁《ささや》く低音は、台詞《せりふ》とは裏腹に、どことなく楽しそうだ。が、ふと雰囲気を改めて彼女の手を離す。

「今日は定時に帰れる？」

「あ、はい。多分」

「俺も早く上がれそうなんだ。一緒に帰ろう。後で連絡入れる」

黒髪をスルリと撫でてから書類を持ち直した宮前は、「じゃあな」と告げ、何事もなかったかのようにその場を立ち去った。

「……犯人は宮前氏で確定ですな、堀田刑事」

「ですな、真野刑事。……ていうか何あの顔。反則くさいわー……」

ギョッとして背後を振り向く。

先に食堂に向かっているはずの三人が、いつの間にか愛菜の背後にいた。謎の刑事ごっこをする二人の後ろで安倍が苦笑している。

「おや、被害者のなかちゃんが気付いていないとは、なかなか巧妙な手口のようで」

「何、犯人って」

「犯行時刻は昨夜と見た」

ニヤリと笑った堀田が、意味ありげに己《おのれ》の耳の後ろをツンツンとつつく。

それだけで意味を理解した愛菜は、彼女が示した場所をバッと手で覆《おお》った。

……昨日は珍しく退社時間が重なった宮前と一緒に帰宅した。愛菜を自宅まで送り届けてくれた彼はそのまま帰ろうとしたのだが、愛菜の方が寂しさのあまりつい彼を引き止めてしまい――平日の夜だからと彼は日付が変わる前に帰ったけれど、少しの間、部屋でイチャついた。そのときに跡を刻まれたのだろう。

いつも『更衣室で着替えるときに恥ずかしいから首筋や胸元は駄目』と頑《かたく》なにキスマークを拒《こば》んでいることへの意趣返しか。

耳の後ろなんて鏡で見ても気付かないよ……！

「では行きますか」

「じっくり聞かせてもらおうじゃないの。安倍ちゃんが『そっとしてあげて』って言うから、今まで噂聞いても我慢してたんだからね！」

真野と堀田が愛菜の両脇に回り、その腕をガシッと掴《つか》んだ。

刑事ごっこはまだ続いているらしい。というか愛菜は被害者役のはずなのに、いつの間にか犯人役にすり替わっているのはどういうことだ。

助けを求めて背後に首を巡らせる。目が合った安倍は小さく笑って肩を竦《すく》めるだけ。静観を決め込む気らしい。


その後、社食のテーブルを囲みながら、愛菜は初めて自身についての噂を聞かされた。

どうやら社外で宮前と一緒にいる場面を何度か目撃されていたようだ。

現在、湖西が結婚したことで、これまであまり目立たなかった男性社員達が注目を浴び始めており、その中でも宮前の注目度は群を抜いて高い。そのため噂する側もヒートアップしがちなのだと堀田が教えてくれた。

「他の課の子達からも『真相はどうなの』って散々聞かれてたのよ。でも安倍ちゃんが、なかちゃんの耳に入らないようにって全部シャットアウトして」

「そうそう。安倍バリア、半端ないわ」

「あら、私は『そんなに気になるなら宮前さんに聞いてみたら？』って返してただけよ」

しれっと湯のみを傾ける安倍をまじまじと見る。

いつからか分からないけれど、愛菜はずっと彼女に守られていたようだ。全然気が付かなかった……

「向こうに突撃する勇者はいないでしょうよ、さすがに」

「それでそれで？　いつから付き合ってるの？」

不服げな堀田に代わって、真野が身を乗り出してきた。愛菜は少し身を仰《の》け反《ぞ》らせて返答を躊躇《ちゅうちょ》する。

いつからと言えばいいのだろう。愛菜の心情的には、手を繋いで早朝出社したあの日からと申告したい。

隣で安倍が柔らかく微笑む。正面と斜め前にはわくわくとした表情の堀田と真野。

三人を順に眺めた愛菜は熱い頬に手を当て、小さくはにかみながら告白する。

——その後、当たり障りのない程度に彼との交際状況も報告した。それを聞いた堀田達が楽しげにはしゃぎ、安倍が昼休み終了が近いことを告げたところで、四人はバタバタと席を立つ。

「宮前さんからあの表情を引き出せるなら、宮前氏争奪戦はなかちゃんの完勝だわ。皆にも噂流しておく」

最後にそう締めくくった堀田は、笑顔で力強く親指を立てた。

果たして彼女の口からどんな風に語られるのか……少し怖い気もするけれど、隣に真野がいればどうにかなるだろう、と思う。……多分。

「——そういえば、姉さんからちょっと気になること聞いたのよね」

パウダールームで手早くメイクを直す最中、安倍が鏡越しに愛菜と目を合わせた。

「何？」

「宮前さん、高校時代に同級生の男子から『にゃん前《まえ》』って呼ばれてたんだって。無表情でストイックなことに定評のある、あの彼がよ？　なかちゃん心当たりある？」

……唇から脱線したグロスを慌てて拭き取る。

初耳だ。でもそのあだ名が付くような言動には心当たりがある。

寝起きの宮前が最高に機嫌の良いとき、猫語らしきものを話すのだ。見ているこちらの心臓が壊れそうな色気ダダ漏《も》れの笑顔付きで。

安倍には酒の席で色々と暴露《ばくろ》したし、彼との仲を深める後押しをしてもらったこともありとても感謝している。

けれど、彼の名誉のためにもこれは言えない。だから、

「……さあ？」

と、取り繕《つくろ》った笑みを浮かべて言葉を濁した。

実のところ、愛菜も宮前に調子を合わせて、にゃーにゃー喋ったことがある。

しかも、途中彼が黙り込み、やがて耳まで赤くして若干目元を潤《うる》ませながら蚊の泣くような声で『……忘れてくれ』と呟《つぶや》くまで猫語を続けてしまった。

その後の空気の微妙さや気恥ずかしさといったら……とにかく、こんなバカップル全開のやり取りなんて口が裂けても言いたくない。

が、安倍は何かを察したようだ。

「なかちゃん小動物っぽいところあるし、だから彼って実は意外にも子猫とかの可愛い系が好きなのかなーなんて思ったんだけど……うん、これ以上は掘り下げないでおくわ」

「……お姉さんには『猫好き』な方向で納得してもらえると助かります……あとお姉さんの旦那さんには多分絶対知られたくない、と思うので……」

「そうね。うん」

仲の良い友人にその姿を晒《さら》してそのあだ名が付いたのだとしたら、それは宮前にとっての黒歴史に違いない。湖西とは入社してからの付き合いらしいので、高校時代に付いた恥ずかしいあだ名など教えていないだろう。

遠回しに念押しする愛菜に、安倍は髪の流れを整えながら引きつり笑いで頷《うなず》く。

安倍が察しのいい女性で本当に良かった。これがもし、面白いこと大好きな堀田だったらと思うと恐ろしい。

鏡越しにアハハハーと笑い合う。

微妙な気まずさを引きずったまま、二人はポーチを片付け、席に戻った。


——二日連続で彼と一緒に電車に乗るためにも集中しなきゃ。

気合いを入れ直してパソコンの前に座り、キーボード横に置いたファイルをペラペラとめくる。

が、休憩がてら給湯室に行った際に顔見知り程度の女性社員に捕まり、次に席を立ったときは別の子に耳打ちされ……そうやって「宮前さんと付き合ってるって本当？」と尋ねられる度に集中力がガリガリ削られてしまう。思った以上に仕事が捗《はかど》らない。

半泣きで手を動かしても時間は無情に過ぎていく。

今日の分の業務を終えて伸びをしながら時計を見たときには、定時をとっくに過ぎていた。

デスクの片付けを済ませて更衣室に飛び込む。

スマホを見ると、既に会社を出て今は駅前の書店にいると連絡が来ていたため、折り返し連絡を入れて彼のもとへ大急ぎで向かう。

「――お待たせしました」

平積みされた新書の一冊をパラパラと捲《めく》っていた宮前が愛菜の声に振り向き、静かに本を閉じた。彼の穏やかな雰囲気にホッと胸を撫《な》で下ろす。

彼に「帰ろう」と促《うなが》された。背中に添えられた手が優しい。

そのまま最寄駅に向かい、改札を抜けたところで手を取られた。当たり前のように指が絡められる。

会社の最寄り駅で手を繋ぐなんて、早朝に一緒に出社したとき以来だ。しかも今は帰宅する人の多い時間帯。

社内の誰が見ているかも分からないのに、と驚いて隣を見上げると、宮前がこちらを柔らかく見下ろしていた。至近距離で絡む視線が、蜜を混ぜたように甘ったるい。

「……何かあったんですか？」

そんな風に見つめられれば、愛菜はもちろん嬉しい。けれど今は戸惑いが先行してしまう。彼らしくないというか……昼の廊下での一件から彼の態度が何だか変だ。いやよくよく考えると昨日の帰宅時から？

「ちょっとした心境の変化、かな」

ホームに立って電車を待つ間も、繋いだ手は離れない。

「今頃になって焦ってる、って言ったら笑うか？」

「え？」

「昼に言った通りだよ」

よく分からなくて眉根を寄せる愛菜を見ながら、宮前は言葉を続ける。

「俺の大事な彼女が最近ますます可愛くて、周りの奴らが色めき立ってる。今までは、社内では臆病風《おくびょうかぜ》吹かせて距離を取ってたけど、もうなりふりかまっていられなくなった。『愛菜は俺のものだ』って独占欲丸出しで周りを威嚇《いかく》してないと落ち着かない」

高い位置にある横顔を食い入るように見つめる。

心地好い低音が頭に染みわたり、その意味を理解した途端、頬がジワジワと熱を持ち始めた。

「それに〝社内恋愛しない主義〟を撤回《てっかい》するなら、大っぴらに動いた方が周知も早いだろう」

「耳の後ろのこれ《キスマーク》も、同じ理由からですか？」

「指輪付けてほしいのもな」

「……いきなりすぎます」

宮前とは逆方向に視線を落とす。気恥ずかしくて顔が見られない。

繋いだ手にきゅっと力が入った。

「重い奴だって呆れたか……？」

「……逆です。ちょっと、幸せすぎて、どうして良いのか分かりません……」

こちらからも手を握り返す。先ほどよりも温かく感じるのは自分の体温が上がったからなのか、それとも彼の手に熱が篭《こも》ったからか。

「愛菜が嫌がるなら自重しようと思ってた……けど、そんな顔されたら、……」

「……されたら……？」

「帰したくなくなる」

お互い微妙に顔を背け合ったまま掌《てのひら》の温もりを分け合う。そんな愛菜達の前に、多くの人を乗せた電車が滑り込む。

列に並んで車内に乗り込む際も、電車がドアを閉めて走り始めてからも、寄り添う二人の手が離れることはなかった。

〜大人のための恋愛小説レーベル〜

ETERNITY エタニティブックス

ETERNITY Rouge エタニティブックス

エタニティブックス・赤

有能SPのアプローチは回避不可能⁉

黒豹注意報1〜4

京みやこ

装丁イラスト／1巻：うずら夕乃、2巻〜：胡桃

広報課に所属し、社内報の制作を担当する新人OLの小向日葵《こひまり》ユウカ。ある日、彼女はインタビューのために訪れた社長室で、ひとりの男性と知り合う。彼は、社長付きの秘書兼ＳＰで、黒スーツをまとった「黒豹」のような人物。以来、ユウカはお菓子があるからと 彼に社長室へ誘われるように。甘いものに目がない彼女はそこで、猛烈なアプローチを繰り返され——？

※エタニティブックスは大人の女性のための恋愛小説レーベルです。ロゴマークの色で性描写の有無を判断することができます（赤・一定以上の性描写あり、ロゼ・性描写あり、白・性描写なし）。

詳しくは公式サイトにてご確認ください。
http://www.eternity-books.com/

携帯サイトはこちらから！

恋のドライブは王様と
大好評連載中！
（毎月第四金曜日更新）
漫画：琴稀りん Rin Kotoki
原作：桜木小鳥 Kotori Sakur
手が止まってる ちゃんと拭いて
はっはーい
キュ
一花 今日から車なんだろ？
送ってほしいところがあるから仕事が終わったら迎えにきてくれ
俺様御曹司とほんわかカフェ店員の
ちょっとえっちなラブストーリー、
待望のコミック化!!
ETERNITY WEBMANGA
エタニティWEB漫画！
無料で読み放題！
他にも人気漫画が多数連載中!!
今すぐアクセス！
エタニティ Web漫画
検索

倉多楽（くらたらく）

8月生まれ、おとめ座。2012年よりwebにて恋愛小説を公開。2015年に出版デビュー。著書に『迷宮王子と渡り姫』（メリッサ）がある。現代物の他、ファンタジー物も執筆中。最近の流行りは某家電を愛でること。

イラスト：弓削リカコ

本書は、「ムーンライトノベルズ」（http://mnlt.syosetu.com/）に掲載されていたものを改稿のうえ、書籍化したものです。

臆病《おくびょう》なカナリア

倉多楽（くらたらく）

2015年 8月 31日初版発行

編集ー蝦名寛子・宮田可南子
編集長ー塙綾子
発行者ー梶本雄介
発行所ー株式会社アルファポリス
〒150-6005 東京都渋谷区恵比寿4-20-3 恵比寿ガーデンプレイスタワー5F
TEL 03-6277-1601（営業） 03-6277-1602（編集）
URL http://www.alphapolis.co.jp/
発売元ー株式会社星雲社
〒112-0012東京都文京区大塚3-21-10
TEL 03-3947-1021
装丁イラストー弓削リカコ
装丁デザインーansyyqdesign
印刷ー株式会社廣済堂

価格はカバーに表示されてあります。
落丁乱丁の場合はアルファポリスまでご連絡ください。
送料は小社負担でお取り替えします。

ISBN978-4-434-20978-9 C0093